Ils ont aimé…

À propos des précédents volumes de la série *Au service secret de Marie-Antoinette* :

Les libraires

« Une enquête pétillante, petit bijou de légèreté, étincelant d'humour. Derrière une histoire réjouissante aux multiples rebondissements se cache en creux une description vivante des coulisses de Versailles […]. Ne passez pas à côté de ce délicieux policier qui se savoure avec délectation ! »

Gérard Collard,
Librairie La Griffe noire

« Du mystère en veux-tu en voilà : royalement drôle ! »

Julie Uthurriborde,
Librairie-papeterie Montmartre

Les journalistes

« Un polar comme un bijou ! […]
C'est léger, drôle, enlevé, et diablement bien troussé.
Succombez à ces agents très spéciaux
au service secret de Sa Majesté.
Ils le valent bien. »

Historia

« Un style rocambolesque et piquant, une dose d'humour savoureux et une intrigue historique bien ficelée : on en redemande. »

Cosmopolitan

« Avec son humour ravageur, son rythme endiablé, d'habiles touches historiques, Frédéric Lenormand fait mouche à chaque page. Un délice de lecture. »

Point de vue

Les bloggeurs

« J'ai eu un coup de cœur pour ce roman. […] Je vous conseille mille fois *Au service secret de Marie-Antoinette*. […] On n'est pas loin d'une ambiance à la M. C. Beaton […]. »

@mademoisellemaeve

« Moi qui aime les comédies policières, je me suis régalée avec ce livre de Frédéric Lenormand. […] Je l'ai lu en à peine deux jours ! »

@aufildespages

« Je me suis régalée ! […]
On se trouve à un carrefour entre *cosy mystery*, comédie et polar historique.
Les dialogues sont à mourir de rire.
Les personnages sont un vrai régal d'humour, d'impertinence, d'intelligence ou de coup de bol.
Je veux une autre enquête de Rose et Léonard ! »

@lesdemoisellesdechatillon

AU SERVICE SECRET de MARIE ANTOINETTE

LA FEMME AU PISTOLET D'OR

AU SERVICE SECRET de MARIE ANTOINETTE

FRÉDÉRIC LENORMAND

LA FEMME AU PISTOLET D'OR

Éditions de La Martinière

ISBN : 978-2-7324-9508-8

Les personnages

Marie-Antoinette :

À peine devenue reine de France, Marie-Antoinette s'ennuie déjà à périr. Entre révérences et fanfreluches, la fonction n'a rien de folichon. La mode et les nouveautés sont sa seule distraction. Jusqu'au jour où elle décide de créer son propre cabinet noir pour se mêler discrètement des affaires de la France… et si possible éclaircir quelques mystères croustillants ! Qui de mieux pour lui servir d'agents secrets que son coiffeur Léonard Autier et sa modiste Rose Bertin ?

Rose Bertin :

La couturière Rose Bertin est aussi exigeante armée de son dé à coudre qu'elle l'est envers son entourage. Et voilà qu'en plus de devoir parer la reine de robes spectaculaires, elle se voit imposer la cohabitation avec Léonard, ce coiffeur frivole, pour mener des enquêtes dans les salons des marquises comme dans les bas-fonds !

Léonard Autier :

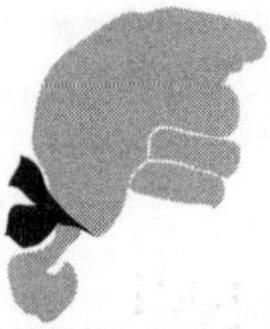

Constamment ébouriffé, Léonard est la star des coiffeurs, le seul autorisé à toucher les cheveux de Marie-Antoinette. Noceur, joueur, buveur, sa vie serait un délice s'il n'était pas contraint à s'associer à la sérieuse et brillante Rose Bertin pour courir après les assassins comme le lui ordonne sa meilleure cliente, la reine de France.

Louis XVI :

« Le pauvre homme », comme le surnomme Marie-Antoinette, est trop occupé à bricoler des horloges ou des serrures pour s'intéresser à ce que font sa femme ou ses ministres. Heureusement, la reine veille pour deux.

Mme Cottin de Melville : fermière générale des postes
Cornuchon : fermier général des vinaigres
Baptistin : cocher de Cornuchon
Elisène : maîtresse de Cornuchon
Saint-Avit : fermier général des tabacs
Campogne et Pissavain : hommes de main de Saint-Avit
Philbert Petit-Colas : employé des postes
Théophane : devin
Louison : mendiante
Ernestine : logeuse de Louison
Annette : fleuriste

1

Quatre biquettes pour un baquet

Un beau carrosse s'arrêta rue Coquillère, devant l'hôtel de Bullion. Un étage entier y avait été loué par un mystérieux guérisseur allemand, un certain Franz Mesmer. Quatre dames descendirent du carrosse, dont une cachait son visage derrière une voilette. Elles furent accueillies dans l'antichambre par Antoine, l'un des « valets-toucheurs » chargés de préparer les patients : Antoine touchait avec une baguette « magnétisée » les endroits où le flux guérisseur devait s'exercer.

L'appartement était constitué d'une enfilade de pièces aux volets clos plongées dans la pénombre. On percevait dès l'entrée une musique douce : accompagnée par trois guitares et un piano-forte, une chanteuse interprétait une lamentation d'Orphée composée par Gluck, le musicien favori de la reine.

Sans prêter attention aux personnes qui allaient et venaient comme des somnambules, les visiteuses traversèrent le grand salon, où des malades discutaient à voix basse en attendant de pénétrer dans la « chambre du baquet ».

Au centre de cette pièce avaient été posées quatre bassines fermées. C'étaient de grandes caisses rondes en chêne où s'entassaient des bouteilles remplies d'une eau magnétisée par le maître. L'odeur méphitique du soufre qu'on y avait ajouté imprégnait la salle. Une vingtaine d'hommes et de femmes bien mis étaient assis autour de l'installation. Chacun tenait une des tiges de fer enfoncées dans les trous du couvercle. Ils semblaient tous sur le point de se trouver mal, vu la puanteur des exhalaisons soufrées. Ils dirigeaient la tige sur la partie de leur corps qu'ils estimaient devoir soigner. Les quatre visiteuses étaient entourées de migraineux, de constipés, de ramollis de l'estomac et d'énervés du bulbe. Certains étaient pliés en deux sous l'effet du remède, d'autres étaient tombés en léthargie, ou poussaient des cris, ou éclataient d'un rire convulsif. Dans ce cas, les valets-toucheurs venaient les chercher pour les conduire dans une autre pièce, à l'écart des baquets à l'effet si violent.

Le toucheur Antoine présenta les tiges aux nouvelles venues.

– Êtes-vous sûr que c'est sans danger ? demanda l'une d'elles.

– Cela ne peut pas faire de mal.

Il restait à savoir si ce qui ne peut pas faire de mal peut faire du bien. Chacune s'assit sur un pliant et prit une tige entre ses doigts. L'une des quatre dames, la duchesse de Fitz-James, connaissait la personne qui se magnétisait à côté d'elle. C'était Mme Cottin de Melville, veuve d'un fermier général qui avait possédé l'une des plus belles fortunes du royaume. La fermière générale dirigeait la tige vers sa tempe ; elle semblait avoir des maux de tête. Elle expliqua qu'elle était venue soigner ses nerfs, on lui causait des chagrins.

– Ciel ! dit Mme de Fitz-James. Qui ose vous faire souffrir ?

– Des hommes, ma chère amie. Qui d'autre ?

De déplaisants individus convoitaient son contrat de collecte des taxes, dont l'échéance approchait. Elle savait de source sûre qu'ils complotaient pour le récupérer. Comme si cela ne suffisait pas, son mari désormais décédé avait caché une somme très importante qui restait introuvable.

– Auriez-vous eu des revers de fortune ? s'inquiéta Mme de Fitz-James.

– Point du tout, mais vous savez ce que c'est : ces petits louis d'or, on s'y attache. Ils sont si difficiles à remplacer !

Depuis la disparition de son époux, trois ans plus tôt, Mme Cottin de Melville avait repris avec courage et abnégation le juteux contrat de ferme que son mari avait passé avec l'État, mais deux concurrents qui convoitaient son activité ne jouaient pas franc-jeu : ils s'efforçaient par tous les moyens de la perdre dans l'esprit du Premier ministre.

– Comment l'avez-vous appris ?

Mme Cottin de Melville fit un geste vague, comme si l'information lui était tombée dessus par hasard.

– Mon contrat porte sur les taxes postales, j'achemine le courrier, vous comprenez...

Son interlocutrice comprit très bien. Elle se promit de faire dorénavant plus attention à ce qu'elle écrivait dans le courrier qu'elle confiait à cette institution.

La porte de la chambre du baquet s'ouvrit sur un homme d'une quarantaine d'années vêtu d'un bel habit de soie lilas. Franz Mesmer avait de la prestance, il était carré d'épaules, son front était bombé, son menton fort, ses traits volontaires, et il vous dévisageait de ses grands yeux bleus pénétrants. Il traversa la pièce d'une démarche pleine de gravité, les mains dans le dos, la mine pensive, sans dire une parole. Il paraissait réfléchir au moyen de « guérir tous les maux de l'humanité », comme indiqué dans sa réclame. Après avoir observé un moment les patients répartis autour des bassines, il s'approcha de la femme qui cachait son visage sous une voilette.

– Parlez-moi de votre enfance, dit-il tandis qu'un secrétaire debout à ses côtés prenait des notes.

– J'ai dû quitter ma famille à l'âge de quinze ans, répondit-elle. Pour venir me marier dans un pays étranger où je n'ai pas toujours été bien acceptée.

– Vos parents ?

– Mon père est mort quand j'avais neuf ans. C'est ma mère qui m'a élevée, ainsi que mes douze frères et sœurs.

– Je vois. Père absent, mère dominatrice, famille nombreuse... Des fins de mois difficiles, sans doute ?

– Pas vraiment, dit-elle avec une pointe d'accent germanique. Nous habitions une grande maison près de Vienne, en Autriche.

– Laissez-moi deviner : on vous a mariée de force à un inconnu qui vous offrait un statut social et une vague tranquillité financière ?

– C'est presque cela.

Comme ces questions prenaient un tour indiscret, elle donna un petit coup d'éventail sur le bras de la princesse de Lamballe, assise à côté d'elle. Aussitôt, la princesse poussa un grand cri et s'évanouit. Une vive agitation s'empara des patients qui entouraient le baquet.

– C'est normal, dit Mesmer avec des gestes apaisants, c'est le magnétisme qui entre.

Ses valets-toucheurs la transportèrent à travers les salons de musique violente et ceux de musique paisible où l'on répartissait les malades selon la nature de leur problème. Ils déposèrent la princesse dans un cabinet appelé « chambre de crise », entièrement capitonné et matelassé, où l'on pouvait laisser libre cours à ses délires sans risquer de se faire du mal.

– Ne craignez rien, dit Mesmer aux trois dames qui suivaient la princesse, c'est un accès d'extériorisation magnétique tout à fait courant.

– Ah ! je vois : elle a pris du courant, dit celle à la voilette.

Les valets-toucheurs allaient veiller sur elle, mais ses amies voulurent garder un œil sur eux pour s'assurer qu'ils ne touchaient pas trop.

– Quel est le principal ingrédient de votre traitement ? demanda Mme de Fitz-James.

– Mon charisme, répondit le gourou.

Le moment était venu d'aborder la question qui les amenait.

– Mon amie aimerait vous consulter sur un point délicat, dit la duchesse en désignant la dame sous la voilette. Elle souhaite avoir un enfant.

Cela tombait bien : à en croire Mesmer, le magnétisme offrait un moyen sûr de produire de beaux bébés très sains.

– Bien sûr, ma méthode ne dispense pas de coucher avec son mari.

– Zut ! dit la dame à la voilette. Partons, tout cela ne sert à rien.

Mesmer affirma que son baquet avait déjà fait naître plusieurs bambins parfaitement constitués.

– Il nous faudrait un garçon, précisa Mme de Fitz-James.

– Aucun problème !

Devant tant d'assurance l'espoir renaquit.

– Dans l'idéal, reprit le gourou, il faudrait venir vous magnétiser deux fois la semaine pendant trois mois. Hélas ! je crains de devoir bientôt quitter la France. J'espérais trouver un financement pour mes travaux, mais la Faculté de médecine me fait des tracas. Des jaloux qui n'y comprennent rien accusent ma découverte d'être du vent.

– Dame ! s'écria Mme de Fitz-James. Du verre pilé, du soufre, de la limaille, une installation qui guérit tout sans rien coûter… Messieurs les docteurs ont peur d'être ruinés ! Qui prendra encore leurs lavements, qui se fera saigner quand il suffira de se magnétiser ?

À propos de saigner, peut-être était-il temps de tirer la Lamballe de son sommeil de Belle au bois dormant. Mesmer n'aimait pas ces solutions extrêmes, mais il fallait bien libérer la salle capitonnée pour les autres névrosés.

– Tant pis ! Faisons monter un chirurgien, qu'il la saigne ! Je ne peux risquer de voir cette malheureuse mourir chez moi !

Aux mots de « saignée » et de « chirurgien », la princesse se réveilla soudain. Certains remèdes sont efficaces même avant d'être appliqués.

– Où suis-je ? demanda-t-elle en regardant ce curieux décor de capiton.

Après le départ de ces dames, Mesmer retourna dans la salle du baquet vérifier que les magnétisations se déroulaient bien.

– Vous nous aviez oubliés ? demanda Mme Cottin de Melville.

– Je discutais avec une dame voilée qui n'a pas dit trois mots.

– Je peux vous révéler son nom en échange du prix de cette séance, suggéra la fermière générale.

Mesmer était d'accord. Les vrais savants sont curieux de nature et pas toujours très doués pour les affaires.

– Votre inconnue était entourée de la princesse de Lamballe, de la duchesse de Fitz-James et de la marquise de Mailly, trois dames d'honneur de la reine. Quelle pouvait être la quatrième visiteuse, à votre avis ?

Sur ces mots, la fermière générale s'en alla avec la satisfaction d'avoir gagné son petit bénéfice de la matinée.

Mesmer réfléchit. L'identité secrète de sa nouvelle patiente lui ouvrait des perspectives brillantes.

Au même moment, les quatre dames roulaient en direction de Versailles dans le carrosse de la princesse.

– Me suis-je bien évanouie ? demanda celle-ci.

– Vous avez été parfaite, dit la reine.

Elle aussi avait son idée. Le baquet, c'était la naissance assurée d'un garçon. Or sa grande préoccupation était d'offrir un héritier au royaume. Si elle voulait se magnétiser selon les règles, il ne fallait pas laisser filer Mesmer à l'étranger. Hélas ! où pouvait-elle trouver de quoi le financer ? Une reine de France n'avait pas d'argent. Les reines qui l'avaient précédée étaient effacées. La petite Espagnole de Louis XIV ne parlait pas un mot de français, la grande Polonaise de Louis XV était restée quarante ans en pamoison devant son mari… Ces femmes-là acceptaient d'être pauvres. Mais Marie-Antoinette était née archiduchesse d'Autriche, et une archiduchesse n'est pas du genre à se résigner. Sa mère l'impératrice avait tenu tête au roi de Prusse et à la tsarine de Russie. Sa fille n'allait pas céder devant un petit problème pécuniaire !

– Cette situation de reine de France n'est pas à la hauteur d'une archiduchesse ! se plaignit-elle.

– Oui, c'est l'archidèche, confirma Mme de Lamballe.

La reine pouvait bien sûr demander des subsides à son époux. Mais Louis XVI voudrait savoir ce qu'elle comptait en faire, les ministres s'écrieraient que financer Mesmer reviendrait à valider le charlatanisme, la Faculté s'en mêlerait avec des mots compliqués, l'Église fulminerait en latin, et ce serait toute une histoire.

La Lamballe tira de son sac un petit miroir à l'aide duquel elle entreprit d'arranger sa coiffure, certaines mèches n'avaient pas résisté à l'évanouissement.

Marie-Antoinette eut une idée.

2

Sa Majesté des guêpes

Léonard lâcha les peignes, brosses et fers à friser grâce auxquels il maniait l'art de la coiffure à la manière d'un Praxitèle de la mèche tortillée. Il était temps d'aller voir Rose Bertin, la modiste qui tenait boutique à côté de son salon. Ils avaient à s'entretenir de sujets presque aussi sérieux que la manière de faire tenir une tresse bien droit en la mélangeant d'un peu de paille fraîche.

Avant d'entrer, il l'épia un moment à travers la fenêtre de la devanture. Dans sa robe parfaitement ajustée de satin mauve, dont les moirures attiraient l'œil sur les parties appétissantes de son anatomie, Rose révélait des formes voluptueuses. Elle parut à Léonard agréablement gironde. Ah ! s'il n'avait pas été marié quelque part en province et s'il avait eu goût pour les petites bonnes femmes dotées d'un caractère à faire exploser des citadelles, il aurait pu être intéressé par la modiste. Heureusement il possédait une nature imperméable à toute tentation dangereuse. Lorsqu'il pénétra enfin dans la boutique, la sirène était occupée à trier des rubans dans son coquillage garni de dentelles étiquetées « 20 sous la pièce ».

– Je ne vous dérange pas, j'espère ? dit-il en lui tendant deux bouts de papier auxquels elle ne jeta même pas un coup d'œil.

– À votre avis ? répondit-elle en rangeant les arrivages de nœuds en soie teintés dans les nuances de la saison, « puce » et « cheveux de la reine ».

Il lui lut le premier des deux billets qu'il avait reçus en même temps.

Mme Cottin de Melville prie Mlle Bertin et M. Léonard de venir chez elle lui préparer une toilette pour la réception qu'elle donnera ce soir.

– C'est non, dit Rose sans cesser de trier.

Depuis qu'elle fréquentait le château de Versailles, elle n'allait plus chez les bourgeoises. Elle devait tenir ce rang de « première modiste du royaume » qu'elle s'était attribué à elle-même. Elle ne se déplaçait plus que pour les duchesses à seize quartiers de noblesse. Les autres n'avaient qu'à venir au magasin. À moins de présenter des arguments sérieux.

– Le voilà, votre argument sérieux, dit Léonard en lui mettant sous le nez le second billet.

Il n'y avait rien d'écrit, on l'avait juste tamponné d'une fleur de lys à l'encre rose. Le sceau royal. La modiste se résigna.

– Bon, c'est oui.

Elle réunit le matériel dont elle avait besoin pour changer une bergère en princesse et suivit Léonard, qui s'était muni de la sacoche où il rangeait ses instruments. Comme Mme Cottin de Melville habitait sur l'autre rive de la Seine, ils prirent une voiture tirée par deux chevaux bais.

De toute évidence, la reine souhaitait leur confier une mission qui concernait cette dame.

– Savez-vous qui c'est ? demanda Léonard.

– Bien sûr. C'est la seule femme parmi les soixante fermiers généraux qui récoltent nos impôts, répondit Rose.

Elle avait appris par cœur la liste des principales fortunes de France – c'était commode quand elle devait décider de faire ou non crédit à ses clientes. Combien d'épouses de duc et de banquier lui avaient-elles réclamé un paiement en plusieurs fois au prétexte qu'elles manquaient de liquidités ! Quand la modiste leur rappelait le chiffre exact du revenu annuel de leur époux, elles fermaient leur bec et ouvraient leur porte-monnaie.

Mme Cottin de Melville avait choisi un lieu inattendu pour discuter complots et secrets d'État, un lieu qui grouillait de monde, serviteurs et invités confondus : chez elle. Rose et Léonard traversèrent la cour d'honneur encombrée de voitures et se présentèrent devant le vestibule. Un laquais en livrée et gants blancs les orienta vers la petite porte au bas des marches.

– Si vous voulez bien me suivre, Madame a exigé de la discrétion.

Ils eurent la délicieuse impression d'être des pourvoyeurs de denrées de contrebande qu'on faisait entrer en douce par les communs. Peut-être s'attendait-on à voir le coiffeur tirer de sous son paletot des mèches de cheveux arrivées clandestinement de Hollande, tandis que la modiste couperait de la cotonnade ayant navigué dans les cales de flibustiers portugais.

L'hôtel particulier bruissait de musique et de rires. Une fête avait commencé dans les salons du rez-de-chaussée. On les conduisit au premier où était l'appartement de Madame. Par l'escalier de service. Cela leur rappela leurs débuts, cette époque où on les traitait en domestiques, avant leur présentation à la reine. Ils avaient perdu l'habitude.

Le laquais les introduisit dans un cabinet mi-boudoir, mi-bureau où la fermière les attendait en vêtement de travail. Elle portait une robe gris-brun qui aurait mieux convenu pour couper du beurre dans une crèmerie. Âgée d'environ cinquante ans, elle s'habillait de façon commode pour mener ses affaires, c'est-à-dire d'étoffes ternes mais de première qualité.

– Pardonnez-moi de vous avoir fait passer par-derrière, dit Mme Cottin de Melville, nul ne doit savoir que je vous ai parlé.

On percevait nettement le tintamarre venu d'en bas, un mélange de musique dansante et d'éclats de voix.

– J'ai déjà vu plus discret, dit Léonard.

– On est le moins remarqué quand il y a du monde, dit la fermière.

– Avec une tenue pareille, on passe inaperçu partout, dit Rose, répugnée par les habits grossiers de leur hôtesse.

– Merci, répondit-elle. À partir d'un certain niveau de fortune, on ne peut plus se permettre l'ostentation.

– À partir de quel niveau de fortune ? demanda le coiffeur, qui tentait d'évaluer les meubles dorés et les tableaux de maîtres autour d'eux.

– Nous travaillons ordinairement pour des personnes qui veulent au contraire paraître ce qu'elles sont, objecta la modiste.

– C'est facile, quand on n'est pas millionnaire, dit la fermière générale.

Ce soir, néanmoins, elle avait résolu d'éblouir la galerie. Puisqu'ils avaient répondu à l'ordre de la reine, elle allait profiter de leurs talents pour s'exhiber dans une de ces toilettes extravagantes qui faisaient leur renommée. La modiste fut priée de poser un pouf sur une coiffure haute comme le bras, le tout assorti à la robe et aux accessoires.

Léonard souleva avec dégoût de pauvres mèches toutes sèches et fourchées qui n'avaient jamais vu le peigne d'un expert capillaire digne de ce nom.

– Tous les indiscrets sont en train de danser et de boire à mes frais, nous ne risquons rien, dit Mme Cottin de Melville.

Elle n'était pas fermière générale pour rien, elle savait appliquer la technique du papier tue-mouche : tant que les mouchards étaient englués dans les sirops et les pâtes de fruits, on avait la paix.

Leur hôtesse fut bientôt en chemise au milieu de son boudoir de travail. Quasi nue, elle n'avait conservé que le panier qui élargissait son bassin, le corset qui marquait sa taille et comprimait sa poitrine, sa culotte à volants, ses bas et les jarretières qui les tenaient. Autant dire rien.

Tandis qu'ils entamaient leur ouvrage de crêpage et d'ajustage, elle les informa de la mission qui les attendait. Son cher époux trop tôt enlevé à l'affection de ses actionnaires avait disparu en mer trois ans auparavant, alors qu'il voguait vers la Hollande pour y rencontrer des associés. Il était passé par-dessus bord au cours de la nuit.

– Du moins c'est ce qu'on m'a dit : je n'ai pas assisté au plongeon.

– Avait-il des pensées morbides ? demanda Léonard.

– Je l'ignore.

– Des ennemis qui souhaitaient sa mort ?
– Aucune idée.
– Voyageait-il en mauvaise compagnie ?
– Je n'y étais pas.
– Dites-moi, demanda Rose, avez-vous jamais rencontré votre mari ? Parce que vous n'avez pas l'air de l'avoir très bien connu.
– Je n'étais pas son amie la plus proche, dit la veuve en levant les bras pour les mesures. Il préférait la compagnie d'autres personnes.
– Quel genre de personnes ?
– Le genre avec des seins et des fesses. Je vous ferai une liste, si vous y tenez.

Ils y tenaient, et aussi à ce qu'elle leur remette un accessoire de son choix pour donner une touche personnelle à leur création vestimentaire. Elle pointa du doigt un tiroir dont ils sortirent une boîte à bijoux pleine de diamants somptueusement sertis.

La fermière aux joyaux se mirait dans la glace de sa coiffeuse tandis que Rose lorgnait les pierreries.

– Donc, si je comprends bien, dit Léonard en incrustant un rang de perles dans une tresse de faux cheveux, vous souhaitez que nous découvrions ce qui est réellement arrivé à votre mari.
– Pas du tout, répondit la banquière.

Elle souhaitait qu'ils découvrent où était passé le trésor de lingots qui avait disparu en même temps que lui. Elle ne pouvait croire qu'il avait sauté dans la mer du Nord lesté de sa cassette, cet homme était trop avisé pour jeter une fortune aux poissons. Elle voulait aussi qu'ils mettent un terme aux manœuvres que des concurrents avides dirigeaient contre elle. Elle comptait sur eux pour les menacer, les intimider, les épouvanter, enfin pour user de tous les artifices à leur portée. Pour ce qui était des petits complots que ses ennemis fomentaient à la Cour, une personne haut placée s'en occupait déjà.

Ils opinèrent du chef. Moins le nom de la reine était prononcé, mieux cela valait.

– On vous fait donc des chicaneries ? dit Léonard en arrachant une broche en diamant aux griffes de la modiste pour la piquer dans les cheveux de sa propriétaire.

– Des chicaneries ? Pensez-vous ! Une femme parmi cinquante-neuf fermiers généraux, ils m'ont accueillie à bras ouverts !

On voyait à son expression qu'elle remâchait son aigreur.

– Depuis trois ans, il ne s'est pas écoulé *un* jour sans que je doive lutter pour m'imposer. J'ai dû prouver que j'étais compétente, que mes services fonctionnaient parfaitement, que je ne dilapidais pas l'argent de l'État en frivolités coûteuses. Toujours à me justifier ! La réussite n'est pas assez, on exige de moi l'excellence. À présent qu'approche la date du renouvellement des contrats, les loups affamés rôdent autour de mes services postaux en se léchant les babines. Les fusils ne suffisent plus à les chasser, il me faut des canons !

Elle saisit à la volée le poignet du coiffeur.

– Aidez-moi ! Sauvez une faible femme !

– Oui, oui, dit Léonard, qui grimaçait de douleur. Mais lâchez-moi, s'il vous plaît !

On aurait dit un animal aussi ingénieux que dangereux. Cette idée leur suggéra un thème pour sa toilette de soirée.

Tandis qu'ils s'affairaient de haut en bas de son corps, elle continua de se lamenter sur ses malheurs. Les médisants qui la tourmentaient avaient trouvé un moyen de la frapper en plein cœur : ils faisaient courir le bruit que son mari n'était pas vraiment mort. Ils avaient payé un figurant qui lui ressemblait pour rôder dans Paris et entretenir la rumeur. C'était absurde et cruel !

– Si mon cher époux était encore de ce monde, il serait ici, auprès de moi, pour profiter du fruit de son labeur et de ma tendresse !

– De votre tendresse, oui, dit Léonard, dont le poignet était encore douloureux.

– Bien sûr, bien sûr, répéta pensivement Rose, convaincue qu'un homme sensé n'aurait pas eu assez de voiles ni de rames pour fuir la mégère aux diamants.

Pour qu'ils sachent à quoi ressemblait le noyé, Mme Cottin de Melville désigna un tableau accroché au-dessus d'une console en marqueterie.

– Cette pièce était le cabinet de travail de mon mari, il y recevait ses relations d'affaires.

Un homme joufflu, au ventre rebondi, les toisait depuis un immense cadre doré. Vu l'expression du portrait, on devinait qu'il devait être dur, et même féroce. Il semblait dire aux visiteurs : « Approchez un peu, que je puisse vous mordre ! » C'était un avertissement placardé au mur.

– Était-il aussi imposant qu'il en a l'air ? demanda Rose, qui ne pouvait s'empêcher d'estimer les mesures du bonhomme.

– Il était plus gras sur la fin. Retenez bien ses particularités physiques, je tiens à envoyer l'imposteur aux galères.

– J'ai tout mémorisé, dit Léonard. Les cheveux du sommet de la tête sont coiffés sur l'arrière puis enroulés à l'intérieur. Le haut de l'oreille est caché. Sur le côté, deux rangées de marteaux horizontaux commencent derrière l'oreille et font le tour de la tête. Une troisième rangée courte sur l'arrière du crâne. Les cheveux du bas de la nuque sont tombants, sans mouvement, et noués par un ruban noir.

– Vous pouvez compter sur moi, dit Rose. Culotte en taffetas vert à reflets mauves, guipure au bas des jambes, chemise en coton crème à jabot, manches et poignets en dentelle de Calais, tour de cou en soie crème, gilet en satin ivoire avec laçage dans le dos et brides, boutons perlés cerclés de métal. Le costume est complété d'une veste en taffetas richement rebrodée de guipure avec de petits boutons ouvragés. Je le reconnaîtrais n'importe où.

– Notez plutôt la cicatrice en forme d'étoile au-dessus de l'œil droit, dit la fermière, c'est un détail qui ne risque pas de changer, je doute que son alias ait poussé la perfection jusqu'à se faire charcuter.

Une semaine plus tôt, un employé avait prétendu avoir aperçu le mari parmi des miséreux qui mendiaient à la sortie d'une église. Quelle honte pour leur maison de banque !

– Comment savez-vous que ce n'était pas lui ? dit Rose.

– Avez-vous écouté ce que j'ai dit ? Parmi des miséreux ! Un fermier général ! Une des soixante premières fortunes du royaume !

La fermière sembla se demander si la reine accordait sa confiance aux bonnes personnes.

– Vos enfants sont sûrement fort éprouvés par tout cela…, dit Rose pour changer de sujet.

– Ça va, ils tiennent le coup. J'ai prévenu mes trois cents commis, ils m'ont renouvelé leur serment de fidélité, tout va bien.

Rose et Léonard voulurent connaître son opinion sur cette chute dans l'eau glacée de la mer du Nord.

Que pensait-elle qu'il lui était arrivé ? Accident, meurtre ou… autre chose ?

Un pli de contrariété barra son grand front lisse.

– L'autre chose, dit-elle. Vous savez : le mot qui ne doit pas être prononcé.

– Oui, dit Léonard. Le suicide.

– Chut, fit la fermière générale en posant un doigt sur ses lèvres.

– Vous penchez donc pour un suicide, dit Rose.

– Je penche pour mon contrat de ferme, c'est lui qui m'importe. Je ne vous demande pas de récupérer Jonas dans le ventre de la baleine, je vous demande de me procurer un deuil paisible et d'écarter les profiteurs. Pour le quotidien, j'ai par bonheur des « amis fidèles » qui me soutiennent dans mes épreuves.

Ils se demandèrent si elle ne venait pas de faire allusion à ce que les bourgeois appellent des « amants ».

– Si je comprends bien, résuma Rose, votre mari est mort on ne sait trop comment, mais ça ne vous trouble guère, car vous le fréquentiez peu en dehors du travail.

Mme Cottin de Melville poussa un soupir de soulagement.

– Enfin vous avez compris ! J'ai eu un doute, à un moment.

– Je comprends que vous ayez beaucoup d'ennemis, dit la modiste en nouant une ceinture noire sur la robe jaune qu'elle lui avait fait enfiler.

– J’en ai au moins cinquante-neuf. C’est à croire que messieurs les financiers n’avaient jamais vu une femme auparavant. Un sauvage tout nu avec des plumes serait plus facilement passé inaperçu.

À voir sa vieille robe qui reposait sur un fauteuil, Rose se dit que sa tenue habituelle manquait au contraire de plumes et qu’elle aurait été mieux toute nue.

– La reine a appris vos malheurs, dit la modiste. Comme elle a bon cœur, elle a décidé de venir à votre secours.

La fermière générale fit « non » du doigt.

– La reine a appris mes malheurs parce que je me suis arrangée pour en parler devant elle. Et elle vient à mon secours parce qu’elle a besoin de mon argent.

– Oui, bien, dit Rose. Donc, vous avez demandé l’aide de la reine…

Mme Cottin de Melville fit encore « non ».

– Ne soyez pas naïve. On ne demande pas l’aide de la reine : on l’intéresse. À hauteur de un et demi pour cent.

– Il va falloir faire un peu mieux, dit la modiste, Sa Majesté a de gros frais. À hauteur de deux pour cent.

La banquière constata avec satisfaction qu’ils n’étaient pas si naïfs qu’elle l’avait cru. C’était une bonne nouvelle, mieux vaut se faire ponctionner par des gens intelligents que caressé par des sots.

Tout en épinglant des bandes de taffetas noir, Rose songea que la tâche n'allait pas être facile. Ceux qui tentaient aujourd'hui de lui ravir son contrat de ferme pouvaient être les mêmes qui avaient noyé son mari trois ans plus tôt. Chercher les ennemis de cette femme, c'était peut-être déranger les assassins du défunt. Deux pour cent sur les bénéfices des postes, ce n'était pas cher payé.

– Vos adversaires m'ont l'air redoutables…

– J'ai de quoi me défendre, dit la veuve.

Elle ouvrit un tiroir de sa coiffeuse et en retira une arme magnifique : un pistolet en or étincelant à plusieurs canons. C'était une pièce unique que son mari lui avait offerte en gage de son amour.

– Tire-t-il des balles en or ? demanda Léonard, qui semblait prêt à lui offrir sa poitrine.

Rose ne doutait pas qu'il fût disposé à se laisser trouer la peau pour qu'on lui en retire des écus. Après la poule aux œufs d'or, le dindon aux balles d'or !

Mme Cottin de Melville prit une clochette sur le meuble devant elle et l'agita. Un beau garçon d'environ trente ans se présenta.

– Mon secrétaire.

Elle le pria de prendre une plume et lui dicta la liste des principales maîtresses de son mari.

– Je fais court, hein, nous n'avons pas toute la nuit.

Le secrétaire semblait bien fait de partout, il devait être agréable à regarder, surtout dans le noir, entre les draps. Ses habits étaient trop coûteux pour un petit employé, il avait tout du sigisbée[1]. Sans doute avaient-ils devant eux l'« ami fidèle » sur qui comptait la banquière pour la consoler de ses misères. L'intéressée lut dans leurs pensées.

– Rodrigo me donne le bras quand je sors. Vous comprenez, une femme seule ne peut aller nulle part.

Tandis qu'une femme au bras d'un homme de vingt ans plus jeune qu'elle et entretenu par elle, c'était passe-partout.

– Bien sûr, dit Rose. Une dame seule peut tout juste assister à la messe. Je fais d'ailleurs de très jolies toilettes sombres pour les offices.

– Bah ! fit Mme Cottin de Melville avec une moue. Très peu pour moi. La dernière fois que je suis allée à l'église, le curé a lu un passage de l'Évangile où l'on explique que le royaume des cieux appartient aux pauvres. Puis il nous a fait un sermon tout à fait déplacé sur le partage des richesses entre ceux qui sont quelque chose et ceux qui ne sont rien. Qu'on veuille bien m'excuser, mais c'est Judas qui avait le sens des affaires, dans leur équipe : on ne doit pas gâcher des parfums coûteux pour se laver les pieds, et quand on trouve un acheteur providentiel prêt à payer trente deniers pour un barbu en sandalettes, il faudrait être fou pour refuser la transaction ! Si je veux entendre

1. Un gigolo.

des sottises, je vais à l'Opéra : au moins elles sont en italien et on a mis de la musique dessus.

Sur l'ordre de sa patronne, le secrétaire leur remit des portraits représentant le mari noyé. Ces images étaient étranges : on avait coupé le bas. Sa tête était bien visible, mais l'artiste semblait aussi avoir représenté le reste, qui manquait.

Tandis que Rodrigo les reconduisait par la petite porte, Mme Cottin de Melville rejoignit ses invités. Elle parut en haut du grand escalier, arrangée au goût du jour par les deux génies de la mode.

– Mes amis, me voici ! dit-elle en écartant les bras en un geste théâtral de façon à montrer sa tenue.

Elle portait une robe jaune et noir sous une coiffure crêpée oblongue : une grosse guêpe avec un essaim sur la tête.

On applaudit bien fort une transformation d'autant plus remarquable qu'elle modifiait tout sans rien changer : ils s'étaient contentés d'exposer à l'extérieur ce qu'elle était à l'intérieur, mais dans une version qu'on pouvait applaudir.

3

Robinson dans le boudoir

Marie-Antoinette était ce matin-là dans l'un de ses petits salons en compagnie du duc de Lauzun, le commandant maintes fois décoré du Royal-Dragons. Il lui donnait une leçon de géographie, c'est-à-dire qu'il lui racontait sa vie : la Corse, où il avait fait ses premières armes, la ville de Lorient, qu'il était en train de vendre au prince de Guéméné, le Sénégal, qu'il avait conquis pour la Couronne, et l'Amérique, qu'il espérait délivrer bientôt du joug anglais. Il ne lui parlait pas de la Picardie, car il s'y était marié et ne voulait plus y penser.

La reine écoutait d'une oreille distraite le récit de ses campagnes trépidantes contre des Noirs demi-nus armés de sagaies. Elle avait du vague à l'âme. Il voulut savoir d'où venait cet air de tristesse.

– Je vous prie de me pardonner, dit-elle, toutes mes pensées vont à cette nécessité de faire un bébé royal...

– Ah ! Madame ! dit le duc de Lauzun. Les miennes aussi !

Il lui prit les mains pour les baiser d'une façon qui ne laissait aucun doute sur ses intentions. Marie-Antoinette se leva d'un bond et fonça dans le cabinet attenant… où elle tomba sur le baron de Besenval, qui se jeta à ses genoux pour les embrasser.

– Madame ! C'est Cupidon qui nous réunit dans cette circonstance heureuse !

La circonstance n'était pas heureuse pour tout le monde, la reine fit un virage à cent quatre-vingts degrés et fila dans le salon suivant, où elle croisa le vicomte de Coigny chargé d'un bouquet de fleurs si gros qu'il ne l'aperçut même pas. Une seule solution : fuir par les derrières. Elle ouvrit une porte dissimulée dans les boiseries et disparut dans les corridors secrets conçus pour éviter les importuns. Grâce à eux, le roi s'escamotait quand on se mettait à parler politique et surgissait comme par miracle aux endroits d'où émanait une odeur de gâteau.

Marie-Antoinette monta à l'étage par un petit escalier dérobé dans son salon de musique où l'attendait Mme de Fitz-James. La duchesse posa un doigt sur ses lèvres. Une respiration semblait émaner des murs. Elle s'approcha à pas de loup d'un réduit et l'ouvrit d'un coup. Un petit marquis tout frétillant était caché à l'intérieur. La dame d'atours lui indiqua la sortie et claqua la porte derrière lui.

Marie-Antoinette était affligée.

– Il y a trop de postulants pour faire ce bébé royal.

– Madame, ce sont tous des Don Juan patentés, ils ne peuvent renoncer à jouer leur carte.

– Mais c'est de l'adultère !

– Non, c'est de l'entraide. Chacun sait que le comte de Vaudreuil est le père des enfants du comte de Polignac, et réciproquement.

La reine se laissa tomber sur un fauteuil.

– L'important est qu'on vous adore, lui assura Mme de Fitz-James.

– Je ne veux pas être adorée, je veux être aimée. On adore les déesses. Moi, je suis une femme.

– Madame, la reine de France n'est pas une femme.

– Oui, eh bien c'est fatigant d'être une idole sacrée. L'idole va s'offrir des vacances.

Pour se ménager des moments d'intimité à l'écart des grands appartements ouverts à toute la Cour, elle s'était offert un objet d'une folle audace : un verrou. Elle était la première reine de France à l'avoir fait poser sur la porte de son boudoir. Pour la voir, il fallait toquer, et elle ouvrait si elle voulait. À l'inverse de ces salons de réception, où des huissiers postés à l'entrée décidaient de qui devait passer en fonction de l'étiquette. Ils avaient appris par cœur la liste des cardinaux, maréchaux, secrétaires d'État, princesses, nourrices des enfants de France, et jusqu'au porte-coton chargé du papier hygiénique de Sa Majesté, autorisés à entrer à n'importe quel moment de la journée. Pas un instant sans quelques paires d'yeux qui vous observaient, vous scrutaient, vous déchiffraient, pour mieux jeter à tous vents vos moindres choix, gestes, paroles, entorses au protocole, et raconter que la reine avait ri, et pourquoi elle avait ri, et de qui elle s'était moquée. Le lendemain, il fallait alors rédiger des lettres d'excuses à toute l'Europe. Le verrou était l'arme absolue contre l'indiscrétion. Bien sûr, il poussait les indiscrets à chercher ce que la reine pouvait bien faire derrière cette porte close.

Pendant que les médisants l'imaginaient recevoir des galants, ce verrou ne servait pourtant qu'à tenir les mauvaises langues à l'écart, la reine égrenait sur sa harpe des notes de musique mélancoliques. Elle s'interrompit, la dame d'atours venait de frapper le code convenu pour la prévenir : son visiteur secret était là.

Marie-Antoinette se leva et tira le loquet. Derrière la porte se tenait un grand jeune homme en uniforme de la garde suédoise, le comte de Fersen. Elle le fit entrer en hâte avant de refermer derrière lui – les gens sont si méchants, ils pourraient fabuler des mensonges qui risqueraient de lui nuire.

Les deux jeunes gens avaient peu de temps pour s'entretenir en privé, aussi dispensa-t-elle le Suédois des trois révérences protocolaires. En revanche, elle ne l'invita pas à s'asseoir, non car cela aurait été inconvenant, elle n'était plus à ça près, mais parce que, ainsi assise et lui debout, elle pouvait l'admirer à loisir. Et il y avait beaucoup à admirer.

Le comte de Fersen s'excusa d'être venu à Versailles en uniforme. Il se sentait grotesque, il était le seul à ne pas porter l'habit de cour.

– J'ignore pourquoi vos dames ont insisté, j'ai bien vu que ce n'était pas l'usage.

– C'est moi qui l'ai demandé, dit la reine, j'avais grande envie de voir un uniforme suédois.

Elle aurait dû dire : « De voir un Suédois en uniforme. »

– Parlez-moi un peu des belles choses qu'il y a chez vous, là-bas, dans le Nord.

– Nous avons des ours. Et aussi des élans. Des marmottes…

– Quel beau pays ! Avez-vous un peu vu le monde, aussi ?

– J'ai vu la Suède.

– Ce n'est pas beaucoup.

– J'aimerais bien voir les Amériques !

– C'est trop.

En lui accordant un entretien très privé, elle avait pris le risque qu'il se permette des gestes interdits. Mais elle était disposée à se montrer compréhensive, il ne fallait pas désespérer la jeunesse suédoise qui ne connaissait pas bien les mœurs de Versailles. Par exemple, elle ne voulait pas l'attrister en lui révélant que l'on ne posait pas la main sur le genou des dames. Il aurait d'ailleurs bien le temps d'apprendre la bonne conduite avec les autres personnes de la

Cour. Elle était d'accord pour lui montrer tout ce qu'il ne fallait pas faire. C'était pour la bonne cause.

Pour l'heure, il paraissait moins audacieux qu'emprunté.

– Ne devrions-nous pas laisser la porte ouverte ? demanda-t-il.

– Non, non, j'ai des gens pour ouvrir les portes.

– Justement, je n'ai vu personne dans la pièce à côté…

– Je ne veux pas que l'on surprenne un secret que vous pourriez me révéler.

– Oh ! Votre Majesté lit dans mes pensées !

Elle lui fit signe de s'asseoir pour qu'il soit plus près de ses oreilles.

– Dites-moi votre secret, répondit-elle en se penchant vers lui de telle manière que son décolleté dévoila deux rotondités. La reine de France vous écoute, vous pouvez tout lui dire, même vos tourments intimes.

– Oh ! Madame, vous êtes si bonne ! Je vous regarde comme ma sœur !

– Oui, bon, disons « une amie ».

– Vous êtes si bonne de vouloir être mon amie !

– Voilà, je serai votre bonne amie.

– Je ne sais si je rêve… J'ai des ambitions immenses…

– Mon ami, un jeune homme de votre qualité ne doit pas craindre d'être ambitieux. Soyez sûr que j'examinerai vos désirs avec intérêt.

Elle s'avachit sur le sofa au point d'être quasi allongée et lui demanda ce qu'il venait faire en France.

– Mon père souhaite que je trouve une riche héritière à épouser.

– Tiens donc ?

Ce n'était pas ce à quoi elle s'attendait.

– Peut-être Mlle Necker, la fille du banquier.

– Une Suissesse !

– Mais j'ai peu de goût pour le mariage.

– Vous avez raison, on en revient.

– En réalité, j'ai d'autres projets. Je voudrais aller…

– Oui ? Où voulez-vous aller, petit coquin ?

– En Amérique !

L'ambiance prit une fraîcheur d'Alaska. Elle se redressa.

– Où ça ?

– À l'ouest ! C'est là que mon cœur m'appelle !

– J'aurais cru que c'était au sud.

De toute évidence, la géographie du corps de la reine l'attirait moins que celle de la terre.

– J'ai un grand service à vous demander, dit Fersen.

– Parlez ! C'est accordé d'avance !

Elle se préparait à tendre les lèvres pour recevoir un chaste baiser.

– Je me disais… Si j'osais…

– Osez, osez ! dit-elle en fermant les yeux.

– Peut-être Votre Majesté pourrait-elle user de son influence auprès du roi pour m'envoyer combattre en Amérique. Je voudrais tant rejoindre La Fayette !

« Votre Majesté » rouvrit les yeux.

– Parlons de mon mari, quelle bonne idée.

Elle ne souriait plus du tout.

– Je souhaite aller combattre les Anglais, s'obstina le Suédois.

– Merveilleux. Moi aussi, chaque matin, je me dis : « Et si j'allais combattre les Anglais ? » Et puis je me calme et je passe à autre chose.

Elle le considéra de bas en haut. Il avait des idées bizarres. Le corps était charmant, c'était le cerveau qui clochait. Elle lui rappela que l'Amérique était peuplée de sauvages couverts de tissus bariolés, de peaux de bêtes, qui portaient des plumes sur la tête et se peignaient le visage.

Fersen considéra la reine, en robe multicolore à revers de fourrure, le visage maquillé et une aigrette dans les cheveux.

– Je crois que je devrais m'y habituer, répondit-il.

Marie-Antoinette réfléchit. Ce voyage en terre lointaine n'était peut-être pas une si mauvaise idée, tout compte fait. Ça le mettrait à l'abri de ces gourgandines prêtes à tout pour le séduire. Et quand il rentrerait, il saurait peut-être mieux discerner les priorités de l'existence ; comme de faire la différence entre l'amour chaste et pur d'une reine et les bas instincts des marquises mal élevées.

– Mais vous ne pouvez pas partir tout de suite ! J'ai besoin de vous ici.

– En quoi puis-je être utile à Votre Majesté ?

Dénuée de duplicité, la figure du beau visiteur exprimait une sincérité un peu niaise.

– Moi aussi, j'ai un secret, dit la reine. Un service secret.

Elle allait l'envoyer enquêter avec le coiffeur et la modiste. Ils seraient ravis : ce garçon était certainement un enquêteur très doué. En tout cas très motivé.

– Mais… Et La Fayette ? Et mon voyage aux Amériques ?

– Commencez donc par voyager dans Paris. J'ai une mission à vous confier et vous n'aurez besoin de tuer personne pour l'accomplir. En principe.

Elle lui fit emprunter le petit escalier secret jusqu'à ses appartements officiels, où ils rejoignirent les dames de compagnie. Celles-ci semblaient tout ébaubies derrière leurs éventails.

– Êtes-vous chargé d'une mission à Versailles ? demanda Mme de Polignac.

– Oui, madame. Mon père est le chef du parti profrançais en Suède.

– Très bien ! Nous sommes toutes du parti prosuédois à Versailles !

– Ces dames sont trop bonnes, je ne sais comment les remercier.

Elles avaient leur idée à ce sujet.

– Jouez-vous à quelque jeu de société ?

Il jouait au whist.

– Ce jeu de cartes s'appelle le boston, maintenant, l'informa la Polignac. Nous avons changé le nom anglais pour un nom américain à cause de la guerre d'indépendance.

– Je crois que les Anglais nomment ce conflit les « événements d'Amérique », dit Fersen. Parce qu'une guerre est un conflit entre deux nations étrangères, tandis que leurs colonies sont à eux.

– Ah !

Eh bien, dit Mme de Polignac. Nous appellerons donc ce conflit « guerre d'indépendance » dès que les Anglais l'auront perdu.

Fersen chercha la reine des yeux, mais elle avait disparu dans l'interstice des doubles cloisons. Elle s'était retirée avec Mme de Fitz-James pour parler « opérations secrètes ».

– Votre Majesté doit faire preuve de prudence, dit Mme de Fitz-James. On pourrait vous reprocher ces tête-à-tête…

– Ce serait un comble ! J'en ai refusé à tant de messieurs !

– Précisément. Ils seront les premiers à se formaliser.

– Je suis une infortunée princesse ! Pourquoi a-t-il fallu que j'épouse le roi de France !

– L'avantage, c'est que personne ne vous le dispute.

– Je ne veux pas que mon Fersen aille en Amérique : il pourrait revenir républicain !

Certainement, cela risquerait de créer un obstacle entre eux.

4

L'interrogatoire de Mme Tantale

Rose ne connaissait pas bien les fermiers généraux. Elle habillait leurs épouses, parfois leurs maîtresses, mais rencontrait moins facilement ces messieurs que leurs comptables qui acquittaient les factures. Pour enquêter sur des fermiers généraux, il fallait déjà comprendre en quoi consistaient leurs fonctions.

Une dame en grand deuil entra dans son magasin. Elle lui demanda si elle avait du ruban de Tulle beige pour une robe de baptême. Malgré le voile noir qui masquait son visage, Rose reconnut immédiatement la personne. Mme Chevalier-Plaisant ! Visite providentielle ! Elle n'aurait pas bondi avec moins d'empressement sur la cliente si sa boutique avait été au bord de la ruine. Elle mobilisa tout son personnel pour la servir comme elle l'aurait fait envers la reine de Prusse.

– Maryse, les rouleaux pour Mme Chevalier-Plaisant ! Agnès, du thé ! Maud, des pâtisseries !

Puis elle emmena la cliente dans un salon où elles seraient mieux pour deviser autour d'un guéridon et, éventuellement, choisir dans la collection la robe la plus élégante pour un bébé certainement très désireux d'être présenté au baptême à la pointe de la mode « printemps-bébé 1777 ». La modiste était de si bonne humeur qu'elle promit des réductions de prix qui pourraient même aller jusqu'à la gratuité.

– Mais je voulais seulement un ruban de Tulle dans les tons beiges…, expliqua Mme Chevalier-Plaisant.

– Ttt ! Laissez-moi faire ! Quand vous aurez vu nos bonnets, vous voudrez tout acheter. Nous sommes au sommet de la modernité !

– Oui, mais pas moi.

On lui fourra un macaron dans la bouche pour l'empêcher de proférer des blasphèmes contre la mode.

– C'est bon, hein ? C'est un cassis-violette, il n'y a pas mieux. Je vais vous en donner un autre.

Une meringue au chocolat du Pérou qui semblait délicieuse décolla en direction de la cliente, mais s'immobilisa à mi-distance.

– Dites-moi, votre défunt était bien fermier général, si je ne m'abuse ?

– Oui, j'aurais d'ailleurs besoin de conseils sur les tissus gris pour la période de demi-deuil.

– Prenez du rose, ça vous ira mieux au teint.

La modiste inventait le demi-deuil rose.

– Dites-moi, vous n'avez pas poursuivi le contrat de ferme de votre mari, vous ?

– Oh ! non !

Elle s'en était bien gardée, tout le monde n'avait pas l'ambition d'être la Jeanne d'Arc de la finance et de bouter la misogynie hors du royaume.

Le macaron retourna dans son assiette de présentation, il ne fallait pas empêcher Mme Chevalier-Plaisant de parler, on attendait d'elle un tableau complet du métier pratiqué par son défunt. Mlle Bertin montrait soudain une insatiable curiosité pour la vie des fermiers généraux. Elle désirait savoir quelle sorte d'hommes étaient ces financiers, s'ils tuaient beaucoup leurs congénères et s'ils se déplaçaient en bande, entourés de gardes du corps armés jusqu'aux dents.

De prime abord, Mme Chevalier-Plaisant n'avait pas la mine d'une crapule. La Cottin de Melville leur avait donné une fausse impression de cette profession. La visiteuse expliqua que l'État confiait la collecte des impôts à des sociétés dirigées par de riches entrepreneurs privés. Ces contrats étaient d'une durée limitée. Ils étaient renouvelés ou non, selon le bon vouloir du gouvernement. Les fermiers généraux se rémunéraient sur la différence entre le prix du bail et les recouvrements réels, une fois leurs charges déduites. Ce que Mme Chevalier-Plaisant résuma en une image :

– Une fois qu'on a loué la vache pour six ans, il faut la traire matin et soir, et même la nuit si l'on peut.

– Jusqu'à ce qu'elle crève, conclut la modiste.

Ce système avait beaucoup vieilli, il était injuste, et les fermiers faisaient chuter les ministres qui tentaient de le réformer, notamment ceux qui auraient voulu unifier la fiscalité du royaume ou prendre en compte le montant des revenus des contribuables, une hérésie qui se heurtait aux privilèges.

– Les dernières années, la collecte était devenue de plus en plus difficile. Tout le monde nous critique : le peuple, les nobles, le clergé… Je crains que tout cela ne craque un jour. La Compagnie des fermiers généraux n'a pas compris qu'il faudrait tout changer pour que rien ne change. Si les collègues de mon mari ne se réforment pas d'eux-mêmes, quelqu'un finira par leur imposer une rupture radicale qui leur plaira encore moins.

La ferme représentait la moitié des revenus de l'État, mais le rendement ne donnait plus satisfaction, il ne permettait pas de compenser les dettes du Trésor.

– Bref, ces fermiers généraux sont de riches vendus…, résuma Rose.

– Ne croyez pas ça ! Ce sont souvent des gens très bien. Ils comptent dans leurs rangs les plus grands mécènes, M. de La Popelinière entretenait les meilleurs artistes de son temps. Il y a aussi des savants comme M. Lavoisier, qui a tant fait avancer la science, et des philosophes comme M. Helvétius, dont les écrits ont tant choqué. Et même des créateurs de jardins comme M. de Laborde, avec son beau domaine de Méréville.

Rose pensa à Mme Cottin de Melville. Tout ce que cette dame soutenait avec son argent, c'étaient de petits jeunes gens appelés « secrétaires » et les producteurs de vins de Champagne.

– Je suis sûre qu'il y a quand même des bandits parmi eux... Des gens capables de nuire aux autres pour augmenter leurs intérêts...

– Toute corporation a ses brebis galeuses, même celle des modistes, dit Mme Chevalier-Plaisant en tendant la main vers un biscuit qui s'écarta d'elle avec horreur.

« Non mais dites donc ! se dit Rose. Privée de macarons ! »

– Et M. Cottin de Melville ? demanda-t-elle. Vous le connaissiez un peu ?

Mme Chevalier-Plaisant savait qu'il était riche, qu'il avait énormément investi dans les postes et qu'il avait été couvert de distinctions honorifiques – feu son mari ne cessait de pester contre ce cordon de Saint-Michel et cette croix de Saint-Stanislas qu'il avait décrochés avec ses tampons et ses relais.

– Un tenancier de bureau de poste amélioré ! Tandis que nous, à la ferme des sables et ciments, tintin !

Elle parvint à accrocher un macaron au miel pour se consoler de n'avoir pas pu épingler de décorations honorifiques sur le cercueil de son défunt. Pour ce qu'elle en savait, Cottin de Melville aimait surtout les femmes et les voyages. Sur madame, il n'y avait rien eu à dire tant qu'elle avait vécu dans son ombre, ainsi qu'il sied aux personnes comme il faut. Depuis son veuvage, en revanche…

– Oui ? dit Rose.

Mme Cottin de Melville était une créature de scandale, calculatrice, prête à tout pour réussir. Deux concurrents de son mari avaient été particulièrement agacés de la voir conserver le contrat de son défunt : MM. de Saint-Avit et Cornuchon.

– Pas des protecteurs des arts et des lettres, ces deux-là, prévint Mme Chevalier-Plaisant. Plutôt le genre « bandit » dont vous parliez tout à l'heure.

– Ah ! Eh bien, vous en savez, des choses !

La main de l'informatrice fit une percée vers le plateau de macarons. On la laissa choisir sa récompense.

– Méfiez-vous, dit Mme Chevalier-Plaisant entre deux bouchées. Ces individus sont dangereux. Ils ne se laisseront pas acheter avec deux gâteaux et du ruban. Nous parlons de haute finance, pas de jeux pour petites filles.

– Ça tombe bien, dit Rose, je n'habille pas les petites filles.

Elle habillait les grandes filles, celles qui mentaient effrontément, se trémoussaient sans pudeur sur de la musique enlevée, jouaient à des jeux interdits, trichaient tant qu'elles pouvaient – et depuis que Rose était au service de la reine, elle avait pu constater maintes fois que ses clientes ne s'en privaient pas.

Pendant que Rose s'occupait de frivolités telles que le système fiscal du royaume et le crime organisé, Léonard se chargeait de la partie sérieuse de leur enquête : les maîtresses du défunt fermier général.

La première de la liste fournie par la veuve se nommait Louison. Le papier ne précisait pas son adresse, seulement celle d'une taverne où il avait une chance de la rencontrer. Il se rendit à l'endroit indiqué, un bouge. Là, on lui répondit que Louison n'était pas venue depuis trois mois, mais qu'elle avait laissé une petite ardoise. On se proposait de lui révéler son adresse d'il y a trois mois en échange du règlement. L'ardoise s'étant révélée pas si petite, le coiffeur jugea qu'il ne devait pas dilapider le contenu de sa bourse pour un renseignement peut-être déjà périmé.

Décidé à passer à la maîtresse suivante, il quitta ce lieu malfamé pour une rue qui l'était encore plus, et même tellement qu'il se fit assaillir par deux loqueteux armés d'un seau rempli de matières dégoûtantes.

Ils menaçaient de le lui renverser sur la tête s'il ne leur remettait pas immédiatement l'argent qu'il venait justement de sauver du tavernier.

Le renversement du seau aurait saccagé une coiffure conçue avec amour au prix d'une heure de coupage, crêpage, roulage, poudrage et parfumage. C'était l'enseigne vivante de son salon qu'on attaquait ! On voulait la mort du petit commerce !

Il sacrifia sa bourse, mais cela n'était pas assez. Le regard des voyous tomba sur les boucles en argent de ses souliers vernis.

– File-nous tes écrase-merde !

Et après, quoi ? Sa veste brodée ? Sa culotte de soie ? Savaient-ils combien de mémères il avait dû boucler-friser à mort pour se payer ces modestes articles d'un luxe outrancier ?

– Messieurs, discutons, je suis certain d'arriver à toucher votre cœur, il est évident qu'une enfance malheureuse vous a jetés dans une délinquance dont vous êtes, au fond, les premières victimes…

– File-nous tes bas ! lui lança le plus laid en guise de négociations.

Léonard se serait bien défendu avec ses poings, mais la bataille risquait de ruiner le fragile édifice de sa chevelure et d'aboutir par là à un résultat pire que s'il cédait sans résister. Son orgueil de mâle lui commandait de s'insurger, tandis que sa peur des coups lui susurrait d'obéir. Les agresseurs étaient sur le point de choisir pour lui lorsqu'un bâton salvateur s'abattit sur leur dos.

Au cinquième coup, les bandits s'enfuirent sans demander leur reste, abandonnant derrière eux le contenu du seau, dont Léonard put vérifier que sa toison ne s'en serait pas remise.

– Monsieur ! dit-il à son sauveur, un homme plutôt grand et solidement bâti. Mes cheveux ne vous diront jamais assez merci !

– Pardon ? Ils vous ont frappé à la tête ?

– Ils ont juste pris ma bourse, mais c'est la seule chose qui n'avait aucune valeur, je n'ai jamais beaucoup d'argent sur moi. J'ai pris cette habitude depuis que je sors avec une modiste.

L'homme considéra son crâne à la recherche de l'endroit où les coups de ces brutes avaient durement porté.

– Je vais vous raccompagner chez vous, il faut vous mettre au lit.

– Un petit remontant dans un troquet me suffira.

Le héros ne croyait pas que cela soit recommandé à Léonard, vu son état, mais il ne faut pas contrarier les délirants. Ils firent connaissance tout en cheminant. Le protecteur des frisotis poudrés se nommait Philbert Petit-Colas et travaillait comme employé de la ferme des postes.

– Les postes de Mme Cottin de Melville ? demanda le coiffeur.

– Celle-là même. Vous connaissez ?

– Et comment ! Pas plus tard qu'hier, mes mains étaient enfoncées dans la chevelure de cette dame !

Petit-Colas lui jeta un regard affligé. Avec un peu de chance, le contrechoc se dissiperait et ce malheureux ne resterait pas toute sa vie obsédé par les cheveux.

Petit-Colas avait été chargé par sa patronne de veiller sur deux individus engagés pour identifier ceux qui la harcelaient. Elle lui avait parlé d'enquêteurs hors pair qui avaient déjà rendu de fiers services à la reine. Il s'attendait à les voir arriver dans les parages des bureaux de la ferme, mais pour l'heure il n'avait rien remarqué.

– Vous n'êtes pas très sagace, comme inspecteur des postes, dit Léonard en replaçant quelques mèches qui s'étaient échappées dans la panique.

Il se présenta : Léonard Autier, coiffeur au service secret de Sa Majesté. Quoique étonné, Philbert Petit-Colas s'excusa de son inconséquence.

– Et où est le second enquêteur ? Il s'agit sans doute d'un lutteur implacable, d'une force de la nature capable de terrasser ses adversaires avec le petit doigt, supposa-t-il.

– Ne nous souciez pas de cette brute, répondit le coiffeur, vous la verrez bien assez tôt.

De toute évidence, les seuls muscles de leur équipe étaient sous la chemise de M. Petit-Colas.

– Ma patronne m'a chargé de veiller discrètement à ce qu'il ne vous arrive rien tant que vous travaillerez pour elle, expliqua-t-il.

– Je vous remercie, dit le coiffeur, mais je ne devrais pas avoir besoin de vous, je sais parfaitement me défendre, tant que je ne tombe pas sur des cochons sans respect pour l'art sublime de l'agencement capillaire.

– Certes, chacun a ses limites, convint Petit-Colas. Ainsi vous connaissez le fermier général Cornuchon ?

– Non, pourquoi ?

– Parce que l'un des gueux qui vous ont attaqué portait sa livrée sous son manteau crasseux. M. Cornuchon est la preuve qu'on ne s'enrichit pas toujours avec tact et correction. Il a l'acidité et l'amertume des vinaigres qu'il est chargé de taxer.

5

Tisane au vinaigre

Le troquet promis par Philbert Petit-Colas jouxtait le siège des fermes générales, dont il constituait en quelque sorte l'annexe. De l'extérieur, cet endroit semblait aussi ennuyeux qu'un centre administratif : aucune enseigne, juste une pancarte où l'on pouvait lire : « Entrée réservée aux membres du personnel. » L'intérieur était meublé de fauteuils confortables, et des messieurs y sirotaient des tisanes dans une lumière tamisée.

Ils furent accueillis par un homme à l'abord sympathique qui avait créé ce havre de repos pour employés des fermes fatigués.

– Je l'appelle « Le Café de la poste », dit M. Montignou avec la bonhomie du pourvoyeur de boissons satisfait de sa réussite.

Le coiffeur et Petit-Colas rejoignirent un monsieur vêtu d'un costume bariolé et coiffé d'un turban, qui disparaissait à moitié dans les épais coussins d'un sofa. Petit-Colas le présenta comme le mage Théophane, un somnambule[1] qui faisait des prédictions à la Nostradamus. Le devin portait des bagues à chacun de ses doigts boudinés.

– Ce sont des cadeaux de mes clients, elles me portent bonheur.

Il devait désirer recevoir d'autres bagues, car il désigna à Léonard la théière posée devant lui.

– Prenez un peu de tisane, je lirai votre avenir dans la poudre de menthe.

Léonard se laissa servir une tasse au fond de laquelle tomba de la poussière verdâtre. Le jus, en revanche, ne contenait pas que de la menthe.

– Elle est forte, votre menthe ! dit-il en s'empêchant de tousser.

On lui expliqua à mi-voix que le patron du café avait mis au point cette supercherie pour contourner la taxe sur les alcools.

– Vous ne craignez pas une descente des inspecteurs des fermes ?

– Ça ne risque pas, c'est ici qu'ils viennent boire pour pas cher.

Le devin lui prit la tasse vide et contempla les dessins tracés par la poudre.

– Si j'en crois ce que je vois, vous êtes au service d'une reine et cela a un rapport avec sa tête.

1. Voyant extralucide.

– Pas du tout, répondit Léonard.

– Haute et puissante femme célèbre deviendra, reprit Théophane sur un ton de prophétie.

– Il ne manque plus que : « Son mari des clés forgera », plaisanta Petit-Colas.

Le coiffeur mit sous le nez du devin l'une des gravures représentant le fermier général disparu.

– Pourriez-vous m'apprendre ce qui est arrivé à cet homme ?

Théophane fit des passes magiques au-dessus du portrait.

– Je vois un cœur très bon et généreux.

– Ça ne doit pas être lui, cherchez mieux.

– Je vois un esprit calculateur. Cet homme est mort. Et pourtant il déambule parmi nous.

– Donc, je cherche un mort généreux et calculateur qui se promène, résuma le coiffeur.

– Nous avons tous plusieurs facettes, plaida Théophane.

Bref, Léonard ne savait toujours pas s'il cherchait une chenille ou un papillon. Il déclara à Théophane qu'il lui offrait sa boisson pour sa peine et le devin s'éclipsa. Mais, quand le coiffeur réclama l'addition, il apparut que la théière n'était pas la première de la journée et que le prix de la menthe à l'eau s'élève beaucoup quand on ajoute de la liqueur dedans.

– Dites donc, il tient bien l'alcool, le devin ! Tant pis, ça valait la peine ! Entre nous, j'ai trouvé ses prédictions troublantes.

– Oui, c'est fou comme la faim développe l'astuce, dit Philbert Petit-Colas.

À en croire Théophane, le fermier général était donc bien décédé trois ans plus tôt. Léonard avait toujours la possibilité de transmettre l'information à la veuve, sans lui dire qu'il la tenait d'un mage en pourpoint avec des bagues à tous les doigts qui lisait l'avenir dans les notes d'auberge.

– J'espère que vous avez d'autres éléments à exploiter, dit Philbert Petit-Colas. Je crains que le témoignage des magiciens ne pèse pas lourd aux yeux des gens de finance.

Léonard lui montra la liste des maîtresses de feu M. Cottin de Melville dressée par sa femme. L'employé des postes la parcourut avec attention.

– Je crois en connaître une. Je vérifierai. Où puis-je vous trouver ?

Léonard réfléchit. Mieux valait ne pas le faire venir au salon, il risquait de tomber sur les crapules qui gravitaient autour de lui, comme la modiste d'à côté. Et s'il pouvait la tenir à l'écart des progrès de l'enquête, quelle victoire pour la coiffure ! Ce n'était pas qu'il lui voulait du mal, au contraire : lui damer le pion devant la reine lui rabattrait son caquet pour son bien. Léonard était assez altruiste pour infliger à sa camarade un soufflet virtuel et salutaire.

– Ne pourriez-vous m'écrire ? suggéra-t-il.

– Vous voulez dire « par la poste » ? Mon cher, je travaille pour cette institution, je ne saurais trop vous conseiller de ne pas lui confier vos petits secrets. Nous avons un bureau spécialement consacré à l'ouverture du courrier et vous avez des chances d'être sur la liste des correspondants à surveiller.

– Vous n'aurez qu'à déposer un mot ici, dit Léonard, je passerai le prendre demain. Votre concours me sera précieux.

Ils se saluèrent et Léonard quitta le café avec la mine sérieuse d'un homme qui sort des locaux rébarbatifs de l'administration.

Outre la ferme des postes, le bâtiment abritait celle des vinaigres, où les employés placés sous les ordres de M. Cornuchon s'affairaient à fabriquer les timbres fiscaux à coller sur les barils. Un luxueux carrosse stationnait juste devant. Un bras blanc, potelé et orné de beaux bracelets de fantaisie prenait le frais par la portière ouverte. Quand Léonard fut assez près, il vit que ce bras appartenait à une jolie personne vêtue d'une robe impressionnante, surchargée d'un nombre extravagant de fausses perles, présentement affalée sur la banquette en satin bleu.

Il s'éloignait quand il s'entendit héler d'une voix flûtée.

– Vous ne voudriez pas tenir compagnie à une pauvre femme qui s'ennuie ?

Il rebroussa chemin et souleva son tricorne.

– Vous ne m'avez pas l'air si pauvre ni si ennuyée, répondit-il aimablement.

En revanche, elle lui parut très affriolante dans sa tenue excentrique et décolletée. Voilà de la robe telle qu'il les aimait : raccourcie en haut, en bas, cintrée au milieu.

– Où trouve-t-on de si beaux atours ? Votre couturière a du génie !

La jeune femme gloussa et rougit.

– Je l'ai conçue moi-même !

Encore une couseuse ! Soit la couture était le passe-temps en vogue cette année, soit il était maudit, il les attirait comme la crème au beurre les mouches.

– Je devrais vous présenter Mlle Bertin, dit-il sans réfléchir car le décolleté l'engageait à proférer n'importe quelle sottise pour prolonger cette conversation.

La jeune personne se redressa sur sa banquette, elle se tenait à présent aussi raide que si on avait évoqué la Réforme devant le pape.

– La Bertin ? La grande Bertin ? La muse ? Vous la connaissez ? Je donnerais n'importe quoi pour discuter avec elle !

– Donnez-lui juste de l'argent, elle n'est pas bégueule, toutes les monnaies sont acceptées.

La jeune femme en étoffes et ciseaux ne désirait pas acheter des accessoires, elle rêvait de montrer à

Mlle Bertin ceux qu'elle fabriquait elle-même avec ses mains, son amour et sa persévérance.

– Ah ! ça risque d'être plus difficile, dit le coiffeur. Les muses comme elle n'aiment pas la concurrence, ni la contradiction, ni l'amateurisme, ni l'à-peu-près, ni…

À vrai dire, sa définition de la muse se différenciait assez peu de celle de la pimbêche. Son interlocutrice se pencha vers lui pour plaider la cause de la passion. Il avait l'impression qu'elle « flirtait » avec lui, comme disaient les Anglais. Elle semblait disposée à lui faire miroiter quelques bontés dans l'espoir d'approcher l'idole. C'était vexant. Les hommes qui aiment plaire veulent être appréciés pour eux-mêmes, pas pour leurs relations, du reste difficiles, avec des modistes revêches. Comme cette belle demoiselle avait tout de même des arguments qui menaçaient de s'échapper de son corsage, il lui proposa une séance de coiffure privée dans son appartement, par exemple la nuit suivante : il pourrait la recoiffer après l'avoir décoiffée.

Elle fit la moue.

– Non, les cheveux, ça va. C'est ce qu'on pose dessus qui m'importe.

Décidément, il n'avait pas de veine avec les couturières, elles avaient un sens erroné des valeurs. Quel dommage que la coiffure soit un métier trop viril pour susciter les vocations féminines ! Tous ses collègues étaient des hommes, on disait « perruquier », pas « perruquière ». C'était aussi qu'il fallait manier des lames et autres instruments coupants, brûlants, des outils de précision, ce n'était pas une activité pour les personnes fragiles et délicates, son art était réservé à de fortes natures telles que la sienne, à des colosses capables de rester debout des heures durant pour ferrailler avec une chevelure récalcitrante.

La demoiselle dut sentir qu'elle perdait du terrain, car sa robe se souleva légèrement pour découvrir ce qu'une femme pouvait montrer de plus sensuel à un inconnu rencontré dans la rue : sa cheville.

– Comment trouvez-vous mes bas ? demanda-t-elle en poussant jusqu'au mollet pour bien faire voir les broderies et ce qu'elles enveloppaient.

Léonard sentit son cœur s'accélérer. Quelle torture ! Une sirène s'intéressait à lui dans le seul objectif de rencontrer la gorgone de la rue Saint-Honoré qu'il passait la moitié de son temps à fuir ! Pourquoi ne rencontrait-il plus que des lunatiques depuis qu'il travaillait avec la Bertin ? Longtemps, il l'avait jugée extraordinairement contrariante ; il s'apercevait à présent qu'elle était dans la moyenne des femmes d'aujourd'hui. Il allait finir par se trouver du goût pour les enquiquineuses.

– Ça se dégrafe comment, ce corsage ? demanda-t-il sur le ton de l'amateur qui ne demande qu'à s'instruire. Par-devant ou par-derrière ?

– Ça ne se dégrafe pas, ça se lace. Vous n'y connaissez rien, dites-moi.

– Vous n'avez qu'à me montrer, dit-il en montant s'asseoir à côté d'elle. J'apprends très vite.

L'intérieur du carrosse était superbement tendu de soie cramoisie, mais il y régnait une étrange odeur que Léonard ne parvint pas à identifier, occupé qu'il était avec la péronnelle.

Apparemment aucune leçon de couture n'était au programme du jour.

– Allez-vous me présenter Mlle Bertin, oui ou non ? demanda la couturière.

– La Bertin, la Bertin... Il n'y a pas que les modes, dans la vie, il y a aussi les hommes...

Le coup d'accessoire en métal qu'il reçut dans le bas du ventre lui confirma que l'autre passagère du carrosse ne partageait pas son échelle de valeurs.

– M'attaquer avec un chasse-mouche ! protesta-t-il en s'écartant.

– Ce n'est pas un chasse-mouche ! C'est un chausse-pied ! corrigea la demoiselle en lui assénant un nouveau coup.

– Je vous dérange ? demanda une voix masculine.

Un grand bonhomme en tenue de cocher se tenait à la portière. Sa mine peu avenante s'harmonisait avec sa stature. Léonard aurait bien soulevé son tricorne pour le saluer, mais il avait besoin de ses mains pour masser l'endroit endolori par le coup de chasse-mouche.

– Jette-le dehors, Baptistin, dit la demoiselle. Il m'a manqué de respect.

– Si le patron apprend que tu fais monter des promeneurs dans son carrosse, c'est à toi qu'il va manquer de respect, répondit Baptistin.

– Je vous assure que je n'ai pas manqué à mes devoirs de gentilhomme, déclara le coiffeur, soucieux d'expliquer la situation avant de recevoir de nouveaux coups d'on ne sait quoi.

– Toi, tais-toi, le coupa Baptistin. Je te conseille de filer avant l'arrivée du patron, il n'aime pas qu'on pisse dans son vinaigre.

Léonard ouvrit la portière opposée et quitta précipitamment le véhicule. Alors qu'il se remettait de ses émotions à l'écart, il vit approcher un gros monsieur suivi de valets qui portaient des bonbonnes. Voilà d'où venait cette odeur aigre ! Il avait devant lui le Cornuchon propriétaire de ce somptueux équipage. Il comprenait mieux comment la jeune couturière s'était offert les belles étoffes utilisées pour son vêtement : elle était la bonne amie du vinaigrier. Tout le monde ne peut pas se tremper dans le champagne.

Tout en regagnant son carrosse d'un pas lent, appuyé sur une belle canne incrustée d'ivoire, Cornuchon causait avec un subalterne en veste marron. Léonard se rapprocha d'un pas innocent pour surprendre leur conversation.

– Tout ce vinaigre ! se plaignit le fermier général. J'en ai des migraines et des acidités d'estomac ! On dit que l'argent n'a pas d'odeur ! Le mien sent le vin tourné ! J'ai bon espoir de m'occuper des postes les six années à venir. Il faut faire craquer la veuve !

Au lieu de répondre, son acolyte désigna quelque chose dans son dos. Cornuchon se retourna et aperçut Léonard. Il poussa un grognement, se hissa à l'intérieur du carrosse où la jeune femme semblait bouder et frappa à la cloison du bout de sa canne pour donner le signal du départ.

Léonard resta sur la chaussée, sous l'œil suspicieux de l'employé des vinaigres, tandis qu'un dernier relent de pourriture s'attardait dans l'air.

6

Bons baisers de Stockholm

Le lendemain, Rose et Léonard se rendirent à Versailles pour parer la reine. Ils se regardèrent en chiens de faïence tout le long du trajet, et c'est seulement à l'entrée de la ville que le coiffeur se décida à poser la question qui le démangeait.

– Qu'avez-vous imaginé pour sa tenue de bal de ce soir ?

– Je vous laisse deviner, répondit la modiste. Et vous ?

Il lui montra des tampons postaux qu'il avait prévu d'accrocher dans la chevelure royale : il n'avait pensé qu'à cela toute la nuit. Rose éclata de rire. Elle ôta le couvercle d'un carton à chapeau qui contenait des lettres multicolores pliées en quatre et tenues par des ficelles[1]. Léonard n'en crut pas ses yeux.

1. On n'utilisait pas encore d'enveloppes, les correspondances étaient ficelées.

– Parfois, je me demande si nous ne sommes pas faits l'un pour l'autre, dit-il.

– Cessez de dire des horreurs, je vais être malade.

– Oui. Moi aussi. Berk berk. Qu'est-ce qui me passe donc par la tête ! C'est votre parfum qui me fait délirer.

La reine fut un peu déconcertée par le projet « coiffure postale ». Ils le lui vendirent comme un hommage à l'art de la correspondance, cette littérature à la portée de tous. Elle se demanda tout de même s'ils ne venaient pas la voir avec ce qu'ils avaient récolté en faisant leur marché n'importe où. Mais, bon, même une tenue « chou-fleur-courgette » par Rose et Léonard valait encore la peine.

Tout en lui ajustant des tampons et les lettres de haut en bas, ils lui firent leur rapport sur les ennuis de la fermière générale.

– J'aimerais bien jouer à la fermière, un jour, dit Marie-Antoinette. Ce doit être amusant.

Ils n'osèrent pas demander si elle entendait nouer des rubans au cou des moutons ou engranger des taxes comme Mme Cottin de Melville.

Celle-ci prétendait qu'un homme ressemblant à son défunt hantait Paris. Ils avaient identifié un concurrent qui l'aurait volontiers plongée dans un de ses bocaux de vinaigre après lui avoir collé un timbre fiscal sur le front. C'était sûrement cet homme qui intriguait pour lui subtiliser son contrat postal avec l'État. À ce sujet, ils recommandèrent à Sa Majesté de ne pas confier au courrier ses pensées les plus intimes : ils avaient appris l'existence d'un bureau de lecture spécialisé dans l'indiscrétion.

– Je communique avec ma mère par les voies diplomatiques, répondit Marie-Antoinette. La seule personne à pouvoir espionner mon courrier est M. de Mercy-Argenteau, l'ambassadeur d'Autriche, et il ne s'en prive pas.

Elle se déclara soucieuse de les aider de tout son pouvoir, leurs recherches étaient de la plus haute importance pour la marche de l'État (elle se garda de préciser qu'il s'agissait de financer un magnétiseur dont les manipulations l'aideraient à concevoir un héritier pour la Couronne). Elle leur avait préparé une surprise, mais s'abstint de préciser en quoi elle consistait.

– Votre Majesté est trop bonne, répondirent-ils en s'inclinant devant une Marie-Antoinette transformée en une version très élégante du panneau d'affichage d'un bureau de poste.

Leur patronne faisait décidément des mystères, c'était la reine des non-dits et des sous-entendus. Léonard aurait accepté de bonne grâce une décoration officielle pour services rendus à l'art de la moumoute, la Barrette de première classe, la Jarretière ou quelque ruban honorifique. De son côté, Rose se voyait déjà en mission chez l'impératrice Marie-Thérèse, mère de la reine, pour barioler les archiduchesses de couleurs « puce » ou « taupe », et devenir la coqueluche du tout-Vienne. Leurs mérites enfin reconnus partout ! Quel bonheur !

Marie-Antoinette les laissa avec sa dame d'atours, qui les conduisit au cabinet secret dédié aux activités para-royales. Elles avaient reçu un vaste échantillon d'accessoires truqués destinés au contre-espionnage, notamment des souliers pourvus d'une lame rétractile qui sortait par-devant quand on appuyait sur le talon.

– Quelle pointure, vos chaussures-couteaux-suisses ? demanda Léonard.

– La vôtre, répondit la duchesse de Fitz-James.

Le cordonnier de la reine avait bien travaillé : le coiffeur les trouva seyants, confortables, très commodes pour faire de longues marches sans se fatiguer avant d'assassiner son prochain d'un coup de pied.

– Et pour moi ? demanda Rose.

– Nous avons décidé de vous confier une arme imparable, dit la dame d'atours.

Léonard imagina quelque fusil à manivelle ou sabre mou à ranger dans une poche.

– Un Fersen ! déclara fièrement Mme de Fitz-James.

– Qu'est-ce que c'est que ça, un Fersen ? demanda le coiffeur.

Une main repoussa le rideau de l'alcôve et un jeune homme apparut. Il portait un uniforme étranger, large aux épaules, serré partout ailleurs, qui mettait en valeur une physionomie avantageuse.

– Monsieur est donc une arme ? s'étonna Léonard.

– Bien sûr, répondit Rose d'une voix mécanique. Vous êtes aveugle ?

– Et quelle arme ! dit la duchesse. Aucune femme ne lui résiste, et très peu d'hommes ! Il est d'une utilisation facile, il suffit de le placer face à la cible, il se déclenche automatiquement, il décoche des sourires assassins et ne s'use pratiquement jamais. On peut s'en servir la nuit avec un éclairage approprié. Il monte à cheval tout seul et maîtrise plusieurs langues, y compris la langue de l'amour.

– Merveilleux, dit Rose. Pourquoi ne s'en sert-on pas davantage ?

– C'est fabriqué en Suède.

– Ah ! fit Léonard. Du matériel importé !

Il considéra le Suédois impassible qu'on essayait de lui vendre.

– Il ne comprend pas ce que nous disons ?

– Si, mais il n'écoute pas : il ne fait que penser à la reine.

– Antoinette ! dit enfin Fersen. *Min älskade ! Min skönhet !*

– Que dit-il ?

– Il clame sa dévotion envers la reine.

– Tant que c'est en suédois, je suppose que ça passe.

– Quelle belle langue, dit rêveusement la modiste.

Les services de Sa Majesté avaient décidé de leur adjoindre cet assistant très discret.

– Vous voulez rire ? s'écria le coiffeur. Grand, beau, en uniforme, on ne peut rien imaginer de plus voyant ! La femme à barbe n'était pas libre ?

L'expression extatique sur le visage de Rose était tout à fait horripilante, il ne se voyait pas enquêter dans ces conditions, on avait franchi les limites du supportable.

– Je vous préviens que nous allons devoir l'abîmer un peu !

– Impossible, dit la duchesse, son charme est garanti inaltérable et insubmersible.

De retour à Paris avec leur cadeau, Rose et Léonard décidèrent de donner à ce Fersen un tour plus passe-partout. Avant de sortir du carrosse, Léonard lui jeta son manteau sur la tête et l'entraîna par le bras.

– Allons chez moi, dit-il à Rose. Parce que, chez vous, avec toutes vos filles de boutique, nous n'en sortirons pas. J'ai l'impression qu'il se déclenche tout seul, il tire des traits amoureux de tous côtés sans prévenir.

Ils firent traverser à Cupidon le salon de coiffure sous les regards interloqués de la clientèle en train de se faire poudrer et s'enfermèrent dans la réserve où l'on rangeait les paquets de farine, les papillotes et les cornets. Léonard n'était pas ravi, ce nouvel accessoire était plus encombrant qu'utile.

– Elles ne pouvaient pas nous prêter un petit gros ? Avec du poil sur les doigts ? Enquêter avec ça, c'est comme se promener au marché dans le carrosse du couronnement !

– Ne soyez pas négatif, dit Rose. Il n'y a qu'à l'arranger un peu. Bon, monsieur de Fersen, nous allons vous rhabiller à la française. Je dois prendre vos mesures. Déshabillez-vous.

– Que dois-je enlever ? demanda le Suédois en commençant à se déboutonner.

– Tout, répondit la modiste, qui était prête à passer sur sa pudeur naturelle et sur bien d'autres choses pour le service de la reine.

Plus il perdait des couches de vêtements, plus elle avait des vapeurs. Elle entrouvrit la porte et réclama du cognac. Une fois le Suédois en caleçon au milieu de la pièce, elle dut se rendre à l'évidence. Rose se souvint qu'on avait dit quelques années plus tôt de Mme du Barry, la dernière favorite de Louis XV, qu'elle était un « morceau de roi ».

– Voici un morceau de reine, dit-elle avant de siffler d'un trait son verre de liqueur.

Ils étaient à leur exercice de camouflage de l'armement suédois quand le mage Théophane se présenta au salon de coiffure. On l'informa que le patron et la voisine s'étaient enfermés dans l'arrière-boutique.

– Que font-ils donc ?

– Ils rhabillent le Masque de Fer.

Des vendeuses du magasin d'à côté faisaient la navette pour livrer ce que Rose réclamait. La porte s'entrouvrait juste assez pour glisser les fournitures dans l'entrebâillement, mais on ne laissait entrer personne. Théophane toqua.

– C'est votre ami le devin du bureau de poste, déclara le visiteur. J'ai du nouveau sur ce que vous savez.

Léonard saisit l'occasion pour s'extraire de la pièce ; les enrobages de la modiste l'agaçaient, et la révélation qu'il existait des hommes mieux bâtis que lui le déprimait presque autant que les roucoulades de sa commère. Pour ne pas avoir l'air de comploter, il fit asseoir le mage dans un fauteuil, lui noua une serviette autour du cou et empoigna ses lames pour le raser.

– Êtes-vous sûr d'être d'humeur à manier un rasoir ? demanda son client d'une voix inquiète.

– Bien sûr, pourquoi ? rétorqua Léonard en aiguisant son couteau avec des gestes nerveux. Vous n'allez pas me contrarier, vous aussi ?

– Oh ! non ! Loin de moi cette idée ! dit le devin, qui se tassa sur son siège. Il regrettait de n'avoir pas consulté les esprits avant de venir.

Il n'était pas du tout vêtu comme la dernière fois, la veste multicolore avait été remplacée par une sorte de tunique grise épaisse et raide qui lui donnait l'allure d'un commis de boulangerie. Pour le moment, il se sentait dans le pétrin.

– Gn'ai u gnouvelle pour vous, articula-t-il tant bien que mal tandis que le barbier lui pinçait le nez pour lui faire lever le menton.

Philbert Petit-Colas avait laissé un message à l'intention de Léonard au café-bureau de poste de Montignou. Comme le coiffeur n'était pas venu le chercher, Théophane avait pris sur lui de l'apporter, le salon était sur le chemin de son domicile.

C'était un petit carré de papier plié deux fois et scellé à la cire. Le sceau était intact, Léonard le brisa pour consulter le message, qu'il tint dans sa main droite tandis que la gauche continuait de raser à l'aveuglette.

– Rassurez-moi, dit le mage : vous êtes gaucher ?

– Non, pourquoi ? répondit le coiffeur sans quitter le papier des yeux.

D'après le message, Philbert avait retrouvé l'une des maîtresses du fermier général défunt, celle nommée Louison. Elle avait des révélations à leur faire, à condition d'être grassement payée. La pauvre femme était tombée dans le dénuement : contrairement aux autres sortes d'artisanat, le commerce charnel ne s'améliore pas avec le temps, comme c'est souvent le cas avec les marchandises périssables. Pour les appâter, elle affirmait avoir eu vent d'une escroquerie de grande ampleur liée à l'esclavage. Philbert n'avait pas bien compris, la belle était portée sur le vin, cette fâcheuse habitude n'aidait pas à rendre ses renseignements très clairs. Mais elle semblait en savoir long sur bien des choses.

– Voilà qui est prometteur, dit Léonard en fourrant le papier dans sa poche, au vif soulagement de son client, qui aimait mieux le voir se concentrer sur les évolutions de son rasoir. Pourquoi n'est-il pas venu lui-même ?

– Justement, dit le devin, c'est ce qui m'inquiète. Il a manqué notre dernier rendez-vous. Nul ne l'a vu depuis hier. J'ai frappé chez lui, il n'y a personne. C'est un homme sur qui on peut compter, d'habitude.

– Que disent vos cartes ? demanda le coiffeur en amincissant les pattes.

– Que du mauvais. Vous devriez aller le voir. Il habite rue aux Ours, au-dessus du marchand de couleurs.

– Pourquoi n'y retournez-vous pas vous-même ?

Théophane fit la mine du devin dont les augures ne sont pas au beau fixe. Les auspices étaient défavorables. Il y avait du ramdam dans les présages. Les cartes lui avaient recommandé d'éviter les rencontres avec des objets coupants. Il s'était juste arrêté en chemin et le regrettait à présent.

– Les cartes m'ont prédit qu'une de mes visions causerait un jour ma perte, alors je me méfie.

– Tandis qu'à moi, elles n'ont rien prédit de néfaste, vos cartes ?

– Oh ! non ! « Une vie merveilleuse le coiffeur vivra et des cheveux très longtemps triturera ! » Vous voyez, vous ne risquez rien !

Léonard n'était pas sûr de vouloir jouer sa vie sur un coup de cartes. Mais la fidélité à la reine était plus forte que sa défiance envers les oiseaux de malheur.

– Donnez-moi votre jeu divinatoire, dit-il en ôtant la serviette qui enserrait le cou du mage.

Il étala les cartes sur la table où il posait ses instruments.

– Oh ! regardez ce que je lis : « Sans peur tu marcheras avec le coiffeur et nul coup de bâton ne recevras. » Vous ne risquez rien, allons-y.

– J'aimerais mieux vous attendre ici.

– M'avez-vous entendu mentionner les coups de bâton ?

Il poussa le devin hors du fauteuil et toqua à la porte de derrière.

– Mademoiselle Bertin, je dois faire une course pour la reine. Ne mangez pas tout votre Fersen aujourd'hui, vous n'en aurez plus pour demain.

Une réponse aimable prononcée d'une voix suave lui parvint à travers la porte :

– Frelampier[1] !

– *Vad är en* frelampier ? demanda une voix nordique dans le réduit.

1. Vaurien.

7

La planète des songes

Un quart d'heure suffit au coiffeur et au mage pour traverser le quartier des halles qui les séparait du domicile de Philbert Petit-Colas. Ce dernier habitait une vieille bâtisse étroite à quatre étages dont le porche s'ouvrait à côté de la devanture d'un marchand de couleurs spécialisé dans les fards et cosmétiques de deuxième catégorie. Léonard ne fréquentait pas ce genre d'établissement : tant qu'à ne pas payer ses fournisseurs, autant aller chez les plus chers, il avait l'endettement chic.

Ils gravirent un escalier obscur jusqu'au troisième palier, où il n'y avait qu'une seule porte. Elle était fermée. Ils frappèrent plusieurs fois sans obtenir de réponse. Léonard renifla.

– Vous ne sentez pas une odeur bizarre ?

– Je vous laisse, j'ai à faire, dit le mage en posant le pied sur la première marche en direction du rez-de-chaussée.

– Pas si vite, dit le coiffeur, qui le rattrapa par le col de sa tunique.

Il prit le passe-partout épinglé au revers de son chapeau et entreprit d'expliquer à la serrure qu'il était inconvenant de résister aux injonctions royales. Au bout de deux minutes de négociations, la serrure se rendit aux arguments de la Couronne, le pêne se décoinça avec un petit *glonc*.

Le corps de Philbert Petit-Colas gisait dans une mare de sang qui avait imbibé une partie du plancher avant de se coaguler.

Il avait été massacré, c'était un spectacle écœurant. Léonard se pencha sur lui tandis que le voyant remplissait une soupière avec le contenu de son déjeuner.

Le malheureux employé des postes semblait avoir reçu une balle dans un endroit qui saigne. Par-derrière. Il avait donc laissé entrer son agresseur et ne s'était pas méfié, il le connaissait probablement. Léonard posa un regard suspicieux sur ce devin qui ne devinait jamais rien.

– Je n'ai rien à voir avec ça ! se défendit Théophane. Philbert était un proche !

– Oh ! je suis moi-même très proche d'une certaine modiste et je ne perds pas l'occasion de l'envoyer dans la mouise dès que je peux !

Léonard laissa l'extralucide lire l'avenir dans son vomi et examina le logement. Rien n'était dérangé, on ne s'était pas battu, Philbert avait été pris en traître. L'assassin était une créature néfaste, sans scrupule, qui ne reculait devant rien, probablement incapable d'un sentiment humain, une menace épouvantable, pire qu'un serpent venimeux. Bienvenue dans les enquêtes au service de la reine ! Un environnement presque aussi impitoyable que celui de la coiffure !

Affalé dans une bergère, Théophane reprenait lentement des couleurs, il était passé du verdâtre au blanc-gris.

– On ne peut pas le laisser là, nous devrions alerter discrètement la force publique, suggéra-t-il dans un souffle.

– À l'assassin ! Appelez la garde ! hurla quelqu'un par une fenêtre.

Ils avaient omis de fermer la porte derrière eux, un habitant avait dû apercevoir la flaque de sang depuis le palier.

– Ou alors nous pouvons crier à tue-tête, dit Léonard, c'est aussi très efficace.

Un attroupement se formait déjà devant l'unique issue de la maison. Impossible de s'esquiver. Les badauds désignaient la silhouette du coiffeur derrière le carreau du troisième. La tentation était forte d'organiser une pendaison immédiate à l'éclairage public.

– Les assassins à la lanterne ! cria quelqu'un.

Par chance pour le mage et le coiffeur, la police était plus circonspecte, sa mission d'ordre public consistait aussi à empêcher le peuple de se faire justice lui-même. La garde ne tarda pas à monter les étages, bientôt rejointe par le commissaire du quartier. Ce dernier les fit sortir de la maison en promettant aux émeutiers une exécution rapide en place de grève : il ne fallait pas priver la populace de ce genre de spectacle très apprécié. On annoncerait la date du supplice à l'avance, peut-être même avant l'ouverture des débats. La justice royale réclamait de l'organisation, les divertissements aussi.

Ils gagnèrent ainsi le commissariat local en essuyant quelques injures, crachats et coups de pied furtifs dans la partie charnue de leur derrière. Une fois la porte fermée sur eux et un garde planté devant, son fusil à la main, ils purent se laisser tomber sur le tabouret des prévenus et présenter leurs justifications.

– Ainsi donc, résuma le commissaire, vous veniez rendre visite à votre ami qui n'avait pas donné de nouvelles depuis…

– Depuis hier, dit Léonard.

– C'est court pour s'inquiéter d'un ami. Votre profession ?

– Génie capillaire.

La mine perplexe du policier lui suggéra de préciser.

– Je coiffe des personnes de qualité.

– Perruquier, traduisit son interlocuteur en faisant courir sa plume d'oie sur son cahier. Et ce monsieur est…

– Je travaille avec les cartes, dit Théophane.

– Un joueur professionnel ! Activité tout à fait prohibée ! Il y a un cachot réservé à For-l'Évêque, je vous ferai visiter.

Le devin allait ajouter quelque chose à propos des visions du monde astral, mais Léonard préféra répondre à sa place.

– Monsieur travaille dans la cartographie.

– Ah ! géographe ! J'aime mieux ça. Vous n'imaginez pas combien d'ahuris prétendent exercer des professions extravagantes, dans cette ville. Le mois dernier, j'ai tenté d'arrêter une folle munie de ciseaux qui se prétendait « créatrice de modes indépendante » : elle avait tenté de castrer un client qui lui avait manqué de respect. Elle m'a glissé entre les doigts. Si je lui remets la main dessus…

Il contempla longuement les deux individus qu'il était allé pêcher sur le lieu d'un assassinat. Ils n'avaient pas des mines à trucider les gens, leurs ongles et leurs habits étaient exempts de traces rouges. L'un semblait trop terrorisé pour commettre ce genre d'attentat, et celui qui se prétendait fabricant de postiches avait l'air offusqué d'un monsieur qu'on dérange.

– Arrêtez-vous toujours les personnes qui vous dénoncent des crimes ? demanda Léonard.

– C'est la plus sûre méthode pour interpeller des suspects, répondit le policier. Pouvez-vous me dire ce que vous faisiez dans le salon d'un homme fraîchement assassiné ?

– Les cartes m'avaient prévenu que cette journée serait placée sous le signe du sang ! clama Théophane avec des yeux effarés.

– Vos cartes géographiques ? s'étonna le commissaire.

Léonard sentit qu'il importait de reprendre le contrôle de cette conversation, ou bien le magicien les conduirait tout droit à une geôle meublée de paille humide.

– Moi aussi, j'ai des cartes, dit-il en retirant de son chapeau un petit carton qu'il déposa sous le nez du policier.

Ce dernier considéra l'objet tamponné d'une fleur de lys à l'encre rose.

– Ah ! mais ça change tout, dit-il en se levant.

Il fit rentrer le garde qui tenait la foule en respect. Celle-ci s'était dispersée pour aller raconter à tout le voisinage l'arrestation de deux ogres sanguinaires que les témoins avaient pu toucher du doigt et surtout du pied.

– Le capitaine va vous accompagner à vos appartements, annonça-t-il en désignant son subordonné fusil à l'épaule. Vous serez transférés tout à l'heure au dépôt du Châtelet. Et reprenez vos jouets, conclut-il en jetant à Léonard sa carte à fleur de lys.

Le garde les conduisit vers le placard cellulaire, mais la porte qu'il leur ouvrit donnait sur la cour de derrière.

– Ma femme est lavandière au château, dit-il avec un clin d'œil.

Ils s'éloignèrent du commissariat aussi vite qu'ils le purent, quoique sans courir, ce qui n'aurait pas manqué d'alerter la population. Marcher était déjà exceptionnel chez un homme aussi bien vêtu que Léonard. La course l'aurait immanquablement rangé parmi les escrocs, les voleurs et tous ceux qui ont quelque chose à se reprocher.

Ce qui le gênait le plus dans leur mésaventure, c'était d'avoir constaté que les lavandières étaient de leur côté plutôt que les messieurs sérieux et responsables. Il se demanda combien la reine avait encore de professions à son service. Voyait-elle en lui aussi une sorte de lavandière ? Lui, le virtuose du tiffe crêpé ?

Théophane suffoquait. Il s'arrêta et se tint à un mur pour ne pas tomber dans la boue de la chaussée.

– Je ne suis pas habitué à ça ! Laissez-moi un moment !

Le coiffeur le saisit pour le contraindre à avancer.

– S'ils vous reprennent, ils vous feront parler et vous leur révélerez mon identité ! Vous n'êtes pas du genre à garder un secret, vous faites profession de dire aux gens ce qu'ils veulent entendre !

– Dans ce cas, montons chez moi, j'habite à deux pas !

La dernière fois qu'on lui avait dit ça, Léonard avait dû débourser vingt sous, il fut tenté de fuir. Mais la situation exigeait de s'adapter aux circonstances. Il soutint le devin jusqu'à son domicile et l'aida à gravir l'escalier. Une fois en haut, il frappa à la porte en espérant qu'il y aurait quelqu'un, le mage ne savait même plus où il avait mis sa clé. Une personne leur ouvrit, c'était un valet indien coiffé d'un turban satiné.

– Bienvenue dans la maison des révélations ! déclara-t-il en s'effaçant pour les laisser passer.

– C'est moi, dit son maître, plié en deux par les émotions. Si tu savais ce qui m'est arrivé !

– Le tourbillon de sang ? supposa l'Indien. Il s'est vraiment produit ?

– Tout comme annoncé ! dit Théophane, qu'on aidait à s'étendre sur le sofa réservé aux clients.

– Si vous n'écoutez pas les prédictions, à quoi sert d'en avoir ? le gronda son valet enturbanné.

Il ouvrit un buffet garni de liqueurs distribuées dans des bouteilles de tous formats.

– Ça aide les prédictions à venir, les jours où les cartes sont paresseuses, dit-il en remplissant trois verres d'une boisson bien aiguisée.

Léonard ne douta pas d'avoir lui aussi des visions prophétiques s'il s'adonnait à ce breuvage.

Le logement était un fatras de curiosités de toutes sortes, depuis les statues peintes jusqu'aux vases orientaux. Léonard remarqua un dodo de l'île de France[1], une espèce éteinte.

– Cet objet ne serait-il pas mieux à sa place dans un musée ?

– Si l'on mettait au musée tout ce qui est vieux, moche et inutile, je ne pourrais plus sortir de chez moi, dit le mage.

Léonard avisa sur des rayonnages toute une série de manuels de divination aux titres prometteurs : *Le Grand Jeu de Maître Théophane*, *Le Théophanius illustré de vingt gravures originales*, *La Divination par les cartes* et *Mes oracles pour l'année 1774*, dans lesquels une description parfaite de l'agonie de Louis XV suggérait une date d'impression vers 1775.

Qu'est-ce qui avait bien pu causer l'assassinat de Philbert Petit-Colas ? Il relut le message d'outre-tombe que Théophane lui avait transmis, ce billet qui les avait lancés dans cette course à l'abîme. Que disait son rédacteur ? Qu'il avait rencontré une ancienne maîtresse du fermier général nommée Louison, disposée à leur dire des choses pour de l'argent. Il était aussi question d'esclaves – un rapport avec l'Indien au turban qui agitait un mouchoir au-dessus de son patron ? Léonard examina

1. L'île Maurice.

le papier de plus près. Au dos figurait une note de bar. Le message avait été rédigé chez Montignou, le facteur-tisanier. Petit-Colas avait dû lui emprunter de quoi écrire, puis il était rentré chez lui se faire saigner. Peut-être avait-il un rendez-vous avec son assassin ?

Léonard rangea son billet et posa un œil neuf sur les objets environnants, ces potiches, ces statuettes, ces antiquités dont le coût devait excéder les moyens d'un banal charlatan. Il y avait là des porcelaines de Saxe, des vases en bleu de Prusse, un service à thé anglais et une épée de Tolède.

– Vous ne vendez pas que des prédictions, n'est-ce pas ?

Théophane admit qu'il lui arrivait de négocier auprès de certains ambassadeurs étrangers ce qu'il apprenait dans les maisons des Français importants chez qui il était invité.

– Et pourquoi pas l'inverse ?

– Les autorités françaises cultivent trop l'esprit cartésien pour s'attacher les services d'un voyant.

Certes, il n'y avait qu'une archiduchesse d'Autriche pour se fier à un éminent créateur capillaire et à une détaillante en fanfreluches. Ces messieurs de Versailles ne savaient pas recruter leurs agents, ils voyaient tout du haut de leur piédestal. Léonard s'était même laissé dire que les intérêts de la diplomatie française à Londres avaient été confiés à un olibrius qui s'habillait en femme, un certain chevalier d'Éon. Qui le croirait ?

– Quels étaient vos rapports avec Philbert Petit-Colas ? Ne me faites pas croire que vous traîniez par hasard autour de la ferme des postes !

Théophane rencontrait Petit-Colas dans l'officine aux tisanes de Montignou pour glaner des informations. Rien de bien passionnant, mais les rois de Prusse et d'Angleterre étaient toujours d'accord pour acheter des indiscrétions vraisemblables sur la Cour.

– On n'imagine pas combien de gens peuvent mordre à un mensonge bien tourné, n'est-ce pas le fonds de commerce des historiens ?

Quand ils se manquaient, Philbert et lui, ils laissaient à l'intention de l'autre un billet scellé à la cire comme celui-ci.

Léonard était pensif. Dans ce cas, des tas de choses avaient pu causer la mort de Philbert Petit-Colas.

– Quel renseignement vous a-t-il transmis, ces derniers temps ?

Il avait parlé d'un risque de conflit international lié à la guerre des Amériques. Léonard balaya cela. Des conflits mondiaux, il y en avait tout le temps, les Espagnols envoyaient leur Invincible Armada sur les Anglais, les Vénitiens coulaient les Turcs à Lépante, les Russes noyaient les chevaliers Teutoniques dans les glaces de la Moskova… Les complots étaient légion, personne n'y prêtait attention, on ne tue pas pour ça. On tue pour de l'argent, par amour ou par dépit, non pour éviter une guerre. Dans le cas contraire, elles seraient beaucoup moins nombreuses.

Il se demanda qui avait pu prendre connaissance de ce message avant eux. Personne et n'importe qui, selon que l'on considérait que le billet avait été déposé dans un lieu clandestin fréquenté par une clientèle triée sur le volet, ou qu'il avait traîné dans un endroit où défilait du monde. Le papier avait été plié et scellé à la cire d'un coup de tampon à l'emblème de la ferme des postes, mais comme le café Montignou se situait pratiquement dans les locaux de la ferme, il n'était pas très difficile de se procurer un tampon pour reconstituer le sceau après avoir lu.

– Il n'est pas très sûr, votre système de communication, fit remarquer Léonard.

– Il l'était jusqu'à présent, dit Théophane. Un grain de sable a dû s'immiscer.

Il regardait le coiffeur de l'air d'avoir identifié le grain de sable.

8

Charité désordonnée

Rose et Léonard se rendirent aux funérailles de Philbert Petit-Colas en compagnie du mage Théophane et d'un laquais en livrée qui ressemblait furieusement à un officier de la garde suédoise rhabillé de pied en cap par une modiste parisienne pleine d'imagination.

– Pourquoi l'avez-vous amené ? dit Léonard. Nous ne l'avons pas encore essayé, je suis sûr qu'il ne fonctionne pas avec les hommes.

Rose lui fit remarquer le devin et son Indien enturbanné, dont les yeux ne se détachaient pas du Suédois. Il dut bien admettre que l'effet était incontestable.

– Je n'aime pas être habillé en serviteur, protesta Axel von Fersen.

– C'est pour le service de la reine, monsieur le comte ! lui rappela la modiste.

– Ah ! Antoinette ! *Min kärlek !*

À partir de là il ne rouspéta plus qu'en suédois.

Rose en avait profité pour se concocter une tenue d'enterrement avec profusion de moire et une voilette depuis le chapeau jusqu'aux genoux qui la faisait ressembler à un meuble sous une housse.

L'église était pleine d'amis du défunt, des employés des fermes pour la plupart. Une femme vêtue de différents haillons cousus ensemble se faisait remarquer par son tapage. C'était une interminable tige à la peau blanche comme du lait, dotée de grands yeux délavés.

– Louison ! Cesse de faire du scandale ! dit un postier.

Louison ! C'était donc cette ancienne maîtresse du financier Cottin de Melville qui disait avoir des révélations à leur faire.

– Madame, vous dérangez tout le monde par votre conduite inappropriée, dit un monsieur.

– Inapproprié vous-même ! clama l'intruse.

Une vague de réprobation parcourut l'assistance.

– De toute façon, c'est plein d'assassins, ici !

La réprobation se mua en effarement.

– Quoi ! persista-t-elle. Nous savons tous qu'il a été tué parce qu'il en savait trop ! Qui s'en est chargé ? Vous ? dit-elle en pointant l'index sur son interlocuteur.

Elle répéta « Vous ? » en désignant tour à tour nombre des personnes présentes, ce qui créa un malaise.

– Je saurai bien découvrir qui l'a fait ! J'ai déjà mon idée ! Ça ne va pas se passer comme ça ! Bande de fripe-sauce[1] !

Elle s'interrompit car elle avait repéré sur le sol un bout de vieux tissu qu'elle fourra dans son panier.

– Dites-moi, demanda-t-elle au curé. Les vieux cierges, vous n'en avez plus besoin ?

– Ils sont à Dieu, mon enfant.

– C'est bien celui qui a dit : « Donnez et il vous sera rendu au centuple » ? rétorqua-t-elle en fourrant une brassée de demi-cierges dans son sac.

En quittant l'église à la suite du cercueil, le cortège funèbre la surprit accroupie contre le mur de l'église, comme elle pissait sur la chaussée. Elle se hâta de rabattre ses jupes et rejoignit le défilé, peut-être pas tant pour accompagner Petit-Colas à sa dernière demeure qu'afin d'en profiter pour faire passer le chapeau parmi les attristés.

– Si vous ne voulez pas donner, achetez mes biscuits, disait-elle en montrant de vieilles oublies[2] rassises dont son panier était plein.

Certains distraits mettaient la main à la poche.

– Combien avez-vous mis dans la corbeille pour les fleurs ? demanda un monsieur.

1. Goinfres.
2. Gaufres roulées en cornet.

– Rien du tout, c'est une miséreuse qui se fait offrir à boire.

– Eh bien ! Avec ce que je lui ai donné, elle va pouvoir s'imbiber ! dit le monsieur avant de courir récupérer ses sous.

– Dieu a dit : « Donné, c'est donné ! », lui lança la quêteuse. Demandez à M. le curé ! Mauvais chrétien !

Rose lâcha une petite pièce dans la corbeille.

– Merci, dit Louison. C'est pas pour boire, c'est pour le banquet après l'enterrement.

– Ah ? Et qu'allez-vous acheter ?

– À boire.

– Êtes-vous venue pour la chaleur humaine, demanda Léonard, ou étiez-vous intime de M. Petit-Colas ?

Elle était venue rendre un dernier hommage à Philbert, qui était un voisin. Il lui payait parfois un petit verre. D'ailleurs, si monsieur voulait bien contribuer, elle acceptait tous les dons.

– Nous voudrions vous poser quelques questions, dit le coiffeur. Avez-vous une idée des raisons qui ont provoqué la triste fin de M. Petit-Colas ? Quel est ce renseignement que vous désirez vendre ? Est-ce à propos des Cottin de Melville ?

Elle les regarda de l'air d'une personne à qui l'on offre une liqueur où l'on a mis un crapaud.

– J'ai rien à dire !

Elle ne voulait pas être interrogée sur Philbert et encore moins sur le fermier général.

– D'abord, j'ai un rendez-vous important !

– Méfiez-vous des rendez-vous, dit Léonard. Votre ami en avait un avec la mort.

– Là où je vais, ça ne risque pas. Je ne dois pas manquer l'office de Saint-Frusquin, j'ai un privilège sur la sortie de messe.

– Pourquoi à Saint-Frusquin ? Parce qu'on vous y connaît ?

– Parce que c'est près d'une taverne qu'a du bon vin pas cher.

On pouvait contempler les effets du vin pas cher sur la physionomie de la buveuse. Outre cela, elle avait quelque chose d'étrange. Ses cheveux étaient très bouclés, bien qu'il fût peu probable qu'elle pût s'offrir les services d'un coiffeur-friseur. Ils étaient aussi très clairs, plutôt blancs que blonds, or elle ne portait pas de poudre – la farine lui aurait servi pour se faire des beignets – et elle n'avait pas non plus l'âge où ils se décolorent.

Elle reprit sa tournée du cortège funèbre, mais la rumeur s'était répandue sous les voilettes : on la chassait.

– Cette femme a une allure bizarre, dit Rose.

– Je crois que c'est la vouivre[1], dit Léonard.

Son tour terminé, Louison revint à son point de départ. Sans se rappeler ses précédentes sollicitations,

1. Créature vénéneuse des marais capable de prendre une apparence féminine.

elle tendit sa corbeille à Léonard, qui y déposa un écu. Elle ne toucha pas à la pièce mais dévisagea le donateur.

– Monseigneur se méprend, je ne couche pas, même à prix d'or.

– Ce n'est pas pour coucher, c'est pour avoir votre journée.

– Pour ce que vous lui avez donné, dit Rose, vous pouvez la garder la semaine entière.

– Allons, il ne faut pas rabioter avec les pauvres, même s'ils vous volent, ils n'ont que ça.

Depuis qu'elle avait reçu une pièce d'or, Louison était attachée à leurs pas comme à ceux de Crésus.

– Alors, ma chère ? dit Rose. Que lui vouliez-vous, à votre ami Philbert ?

Louison rechignait à révéler ses secrets, la poule de la fable aurait dû se méfier avant de pondre.

– Ouh là là ! Dangereux, tout ça ! Y a déjà eu un mort !

Ils remirent l'entretien à un moment où ils pourraient changer l'or en vin, ce qui aiderait sûrement. Tout en cheminant, Léonard interrogea Fersen.

– Et vous, à Stockholm, que faites-vous des miséreux ?

– Nous n'en avons pas, répondit le Suédois.

– Ah ! vous voyez, dit Rose. Voilà les protestants, ils aménagent des hospices pour les nécessiteux, ils ne les laissent pas crever dans les rues comme nous.

Fersen dissipa le malentendu.

– Nous n'en avons pas parce qu'ils ne font pas de vieux os. À cause du froid hivernal. En revanche, nous avons un service de ramassage très bien organisé.

– Pour les mettre à l'abri ?

– Pour récolter les cadavres gelés, le matin. Le plus difficile est de creuser les tombes. Nous prévoyons les fosses avant les premières neiges, en septembre. En revanche, creuser donne de l'emploi aux miséreux.

– Avant de les mettre dans le trou, dit Léonard.

– Vous voyez ? dit Rose, qui n'était pas en mal d'imagination pour tourner de façon positive tout aspect de la vie scandinave. Quand on habite un pays froid, il faut être organisé. Je loue le sens pratique des Suédois.

Léonard n'était pas sûr que les mendiants gelés de Stockholm fussent tout à fait du même avis.

Quand ils voulurent s'adresser de nouveau à Louison, elle avait filé avec son écu. Malgré la promesse de la pluie d'or, Danaé avait pris la poudre d'escampette.

– Je n'arrive pas à le croire ! s'écria Rose à l'intention de Léonard. Vous vous faites rouler même par une mendiante !

– Ce n'est pas moi, c'est votre Fersen qui nous a distraits !

– Ne rejetez pas vos erreurs sur lui ! Vous n'êtes vraiment bon à rien ! Quelle triste opinion doit-il avoir de vous !

– Mais…, dit le coiffeur.

– Nous allons devoir réparer vos bêtises. Pardonnez-lui, monsieur de Fersen.

– Je vous en prie, dit le Suédois, votre ami dit vrai, c'est ma faute.

– Votre bonté vous honore, dit la modiste. Inutile de le protéger, il doit apprendre de ses maladresses et progresser.

Léonard les suivit en ronchonnant. En dépit de sa livrée de laquais, le Scandinave arborait une crinière blonde digne d'un lion des steppes.

– Elle est en poil de Suédoises, votre perruque ?

– Ce sont mes cheveux, répondit leur arme secrète.

Léonard ronchonna de plus belle. Si tout le monde se mettait à avoir de jolies toisons naturelles, c'en serait fini des perruquiers, des fabricants de poudre et des friseurs. Preuve était faite que ce Suédois n'avait aucune conscience morale, il venait détruire les emplois des Français. On avait bien raison de s'en méfier.

Non loin de l'église Saint-Frusquin, ils repérèrent la taverne mentionnée par Louison. La marchande d'oublies rassises avait déjà quitté l'une et l'autre, elle devait redouter de les rencontrer avant d'avoir bu son écu. La payer pour l'encourager à parler n'était pas une bonne idée, ils l'avaient juste encouragée à s'imbiber, ce programme lui souriait davantage que la perspective de s'expliquer avec des enquêteurs indiscrets.

– Dans son métier, on n'aime guère se lier avec des gens comme nous, dit Rose.

– Cette mendiante est plus snob que nous ! dit Léonard en effaçant une petite tache sur son bas blanc retenu par un ruban de soie bleue.

9

Seul le silence est d'or

Si Louison n'était pas à la taverne, on pouvait au moins interroger le tavernier. C'était un chauve à gros ventre armé d'un tablier et d'un chiffon qui essuyait des verres au milieu d'une forêt de pichets.

– Vous buvez quoi ? demanda-t-il.

– Donnez-nous votre meilleur vin, dit Rose, c'est pour faire découvrir les crus français à notre ami de Suède.

Le tavernier prit un pichet au hasard et se départit de trois verres. Ayant bu, Fersen fit la grimace.

– J'ai vu mieux à Versailles.

– C'est le vin du peuple, ça, monsieur ! dit le tavernier. Ce n'est pas du jus de dentelles pour les chochottes de la Cour !

Rose recentra l'entretien sur Louison, cela valait mieux pour les relations diplomatiques bistro-suédoises. En fait, on n'avait pas vu Louison de quelques jours.

– Elle doit avoir eu une grosse rentrée d'argent, en déduisit le tavernier.

– J'aurais cru qu'elle viendrait vous voir, dit Léonard.

– Non, elle vient quand elle a juste de quoi se payer un pichet, sinon j'exigerais qu'elle règle son ardoise. Elle vient aussi quand elle n'a pas le sou, pour essayer de boire à crédit ou pour se faire offrir la tournée par quelqu'un de plus chanceux. Elle est pauvre, elle n'est pas bête.

Rose eut une idée.

– Puisque votre nectar est renommé dans le quartier, je vais vous en prendre. Vous avez des bouteilles ? C'est pour emporter.

– Quelle qualité ? J'ai du bon, du très bon et du pas terrible.

– Le meilleur. C'est pour les amis de Louison.

Le tavernier se récria.

– Oh ! malheureuse ! Vous voulez donc les empoisonner ? Il leur faut celui des jours sans pain, c'est à celui-là qu'ils sont habitués ! On ne doit pas jouer avec son estomac !

Rose fit signe à Léonard d'ouvrir sa bourse.

– Pourquoi moi ? J'ai déjà donné un écu à la mendiante !

– Vous n'allez pas rabioter, j'espère ?

Il paya à contrecœur et fut certain que le marchand avait doublé son tarif en entendant le mot « écu ».

Rose parcourut le quartier, suivie de ses deux bonshommes chargés de grosses bouteilles. Le coiffeur se sentait dégringoler l'échelle de la hiérarchie sociale.

– Vous nous prenez pour des livreurs ? Je ne dis pas ça pour moi, mais pour monsieur : que va-t-il penser des mœurs des Français ?

Rose haussa les épaules.

– Il en pense du mal, il a fait votre connaissance.

Elle avisa un petit groupe de miséreux qui mendiaient sous le porche d'un hospice. Le vin allait servir à les soudoyer pour obtenir l'adresse de Louison. Cette fois, pas question de lâcher les bouteilles avant d'avoir obtenu l'information.

– Savez-vous où nous pourrions trouver une Louison ? demanda Léonard.

– Dernière maison à droite, il y en a plein, là-bas ! dit un barbu qui aurait bien eu besoin d'une bonne coupe de cheveux et d'un bain. Ils ont aussi des Marion et des Suzon.

Rose expliqua qu'ils cherchaient une Louison en particulier : très blonde, la peau très blanche, dotée d'un franc-parler.

– Ah ! fit le mendiant. Louison !

L'ébullition intérieure de Rose commençait à sortir de ses oreilles en filets de fumée. Léonard lui fit la leçon.

– Il faut de la patience avec les gens diminués.

– Parlez-leur, vous, vous vous comprendrez mieux.

– Où vit-elle, Louison ? demanda-t-il en agitant sa bouteille.

Les miséreux faisaient grise mine malgré ces fournitures.

– Vous ne seriez pas de la police ? dit l'un.

– Ou des créanciers ? dit un autre.

– Du tout, du tout, répondit Rose. Je suis dans la couture et monsieur vend des tresses pour femmes.

– Et le bellâtre, là ? demanda le barbu en désignant Fersen. Il n'a pas l'air d'un vrai laquais. Il se tient comme un militaire.

– Ne faites pas attention à lui, dit la modiste. Quand on a si belle allure, on n'a pas besoin d'avoir un vrai métier.

Ils admirent qu'il serait dommage d'abîmer de si belles mains en travaillant.

– J'ai mieux qu'un métier, s'insurgea Fersen, j'ai une vocation. Je veux libérer les Américains !

– Ouah ! fit l'un des pochards. Jamais j'aurais deviné que t'étais soûl, mon gars ! Tu tiens rudement bien l'alcool !

Déjà ivre à cette heure de la journée ! Il y avait donc pire qu'eux !

Rose s'approcha pour leur chuchoter :

– Vous voyez comme je suis mal accompagnée…, dit-elle en désignant les deux hurluberlus.

Puisqu'elle avait tant de problèmes, on voulut bien lui faire une fleur en échange des bouteilles.

– Vous trouverez Louison devant Saint-Frusquin ou à la taverne d'à côté, dit le barbu.

Elle répondit qu'ils s'étaient déjà rendus en ces deux endroits en vain. Le pochard se signa.

– Alors ça va mal. Si elle est pas en train de quêter ou de boire, c'est qu'elle peut p'us quitter son lit.

Du coup, il accepta de leur indiquer l'adresse : nul ne pouvait plus nuire à une moribonde.

Vingt minutes plus tard, leur conviction était faite. Louison habitait un taudis. Des locataires aussi démunis qu'elle y vivaient sous la surveillance d'une alcoolique en chef. On aurait dit un poulailler pour volatiles déplumés en fin de parcours.

S'étant renseignés chez la concierge, ils montèrent jusqu'aux combles de cette maison étroite et malodorante qui se développait sur quatre étages. Au dernier, une porte était ouverte.

Louison gisait sur son grabat, un trou dans la poitrine.

Encore une victime ! La fermière générale avait-elle décidé d'éliminer les anciennes connaissances de son mari ?

Ils fouillèrent avec tout le respect dû à la défunte et dénichèrent, sous le matelas, quelques objets précieux qu'elle avait remisés avec l'écu de Léonard : des ciseaux dorés, un dé à coudre en métal jaune et tout un petit matériel en vermeil[1]. Rose était bien placée pour savoir ce que cela valait : c'était du matériel de couture pour dames fortunées.

Fersen fit une déduction.

– Si Louison continuait de mendier, cela voulait dire qu'elle tenait à ses trésors.

– Ou alors que ces objets sont des pièces à conviction, dit Rose. Elle avait dit à Philbert connaître un secret sur quelqu'un. Peut-être cette personne a-t-elle acheté son silence. Dans ce cas, ce fatras doré appartiendrait à l'assassin.

Léonard tendit la main vers la pièce d'or.

– C'est mon écu, ça.

Il voulut s'en saisir, mais Rose lui tapa sur les doigts.

– Vous n'y pensez pas ! Voler une morte !

Fersen posa le pied sur une caisse pour renouer sa jarretière de laquais. Sa jambe était longue et fine, rien à voir avec les jambons du modèle courant.

– Vous, les Français, êtes des gens compliqués, dit-il tout en raccrochant son bas.

– Comment ça ? dit Léonard.

– Dans mon pays, les assassins ne laissent pas leur butin derrière eux.

– Quel beau pays ce doit être ! dit Rose, les yeux rivés sur le mollet. J'aimerais tant le voir de près, un jour !

1. Argent recouvert d'or.

Léonard lui passa une main devant les yeux.

– On ne se disperse pas. On reste concentrée sur nos recherches.

Si Louison n'avait pas été tuée pour son argent, elle l'avait peut-être été à cause de ce qu'elle savait sur l'un des deux premiers décès de cette affaire : celui de Philbert Petit-Colas et celui de M. Cottin de Melville. Ou même les deux.

Il y eut du bruit en bas de l'escalier. La police ! On leur avait refait le coup de chez Petit-Colas ! On ne pouvait plus examiner en paix le lieu d'un crime sans être dérangé par la force publique ! Quelque chose n'allait plus dans ce royaume !

C'était le commissaire local accompagné d'un inspecteur. Heureusement, ce quartier n'était pas le même que le précédent, leur interlocuteur aurait jugé leur présence encore plus suspecte que la première fois.

Fersen s'étonna de voir l'affolement de Rose et de Léonard, qui cherchaient à s'échapper par les toits.

– Les Français veulent-ils toujours fuir quand survient la police alors qu'ils n'ont rien fait de mal ?

– Toujours ! répondirent en chœur la modiste et le coiffeur.

Le Suédois ne connaissait décidément rien à la France.

– Dans les pays du Nord, expliqua Léonard, la police demande peut-être des explications aux témoins, mais dans les pays latins elle cogne d'abord, et si vous vous défendez elle vous inflige une amende pour outrage.

La frénésie avec laquelle Rose essayait de passer à travers le vasistas confirma cette assertion.

– Il y a une corniche, déclara-t-elle. Poussez-moi !

Ils tâchaient de propulser l'arrière-train de la modiste à travers la lucarne quand le commissaire pénétra dans l'humble logis. Ce qu'il vit ne l'offusqua pas outre mesure : un policier parisien avait l'habitude des réactions qu'il causait chez ses concitoyens.

– Je vois que c'est ici qu'il y a une morte, dit-il tandis qu'on s'efforçait de faire revenir tous les jupons à l'intérieur de la pièce.

On l'avait prévenu qu'un coup de feu avait été tiré dans cette maison, il était venu voir par acquit de conscience. Cela dit, il se fichait totalement du trépas d'une mendiante. Et pas question de retourner le taudis. Il jaugea le corps avec une moue, de l'air de penser : « Voilà le dernier désagrément que me causera cette Louison. »

– Vous ne fouillez pas ? s'étonna Fersen. Il y a peut-être des indices…

– Des indices de quoi ? Vous savez ce qui arrive quand on met la main dans la crotte ?

– Non.

– On se salit. Pourquoi ? Vous avez trouvé quelque chose ?

– Non, non ! répondirent en chœur Rose et Léonard.

Le commissaire eut l'impression qu'ils critiquaient sa façon de conduire ses enquêtes. C'était le premier élément suspect qu'il rencontrait depuis son arrivée.

– Identité, adresse, profession !

Les réponses fusèrent : coiffeur de la reine, modiste de la reine et ami de la reine. Cela faisait beaucoup de « reines » dans une soupente. Il décida de les laisser filer au bénéfice du doute – pas du doute sur leur implication dans ce décès, le doute sur leurs relations avec la reine. Et puis ça ferait un rapport en moins à rédiger à l'intention de supérieurs qui n'aimaient pas en lire.

– Bon. Décès accidentel, conclut le commissaire.

Fersen était de plus en plus surpris.

– Voulez-vous dire que cette femme s'est accidentellement tiré une balle dans le cœur avant de faire disparaître l'arme ?

L'inspecteur jaugea le laquais suédois.

– Dites donc, vous pourriez être policier, vous.

Léonard se permit d'insister, il avait une enquête à faire avancer.

– N'y aurait-il pas un lien entre cette mort et l'assassinat de Philbert Petit-Colas voici deux jours ?

– Qui ça, quoi ça ? dit le commissaire.

– Comptez-vous faire examiner le corps de Louison ? demanda Rose, qui aurait aimé connaître la cause exacte du décès.

– Nous n'allons pas perdre notre temps avec chaque meurtre qui se produit ! dit le commissaire. Vous savez combien on tue, dans cette ville ?

– Eh bien, vous devriez, persista la modiste. Quand un chapeau que j'ai vendu me revient tout aplati, j'essaie de comprendre ce qui s'est passé. Ça me permet d'expliquer à sa propriétaire qu'il n'y a pas eu de malfaçon, qu'il faut juste éviter de se rouler dessus quand on batifole sur les pelouses. Cela s'appelle « établir les circonstances du drame ».

– En coiffant la reine, je lui parle volontiers du zèle des officiers de police à élucider les crimes qui se commettent…, suggéra Léonard.

Le commissaire rougit.

– Vous n'allez pas prétendre que le sort de cette pauvresse intéresse la reine ?

Rose avait autant d'imagination pour chercher des arguments que pour concevoir les motifs de ses bonnets. Elle répondit :

– Louison était la magicienne du tressage, il n'y avait pas mieux qu'elle pour fabriquer les petits cordons en soie de Sa Majesté. Elle avait des doigts de fée.

Le commissaire jeta un coup d'œil aux doigts de la fée, qui étaient tout sales et boudinés. Mais il est vrai qu'il fréquentait peu les fées, pas plus que les reines qui les employaient. À nouveau, le doute devait profiter à sa sécurité, c'était un homme qui doutait beaucoup. Il se sentit contraint à diligenter un examen *post-mortem* qui coûterait moins cher au fonctionnement du Châtelet que sa négligence pouvait coûter à sa carrière si la reine s'enquérait de sa fée. Comme quoi le premier mouvement est toujours le bon : il aurait mieux fait de ne pas venir, l'État aurait fait une économie.

Fersen allait de surprise en désillusion. Comme ils se rendaient au Châtelet pour l'autopsie, il demanda s'il était permis de mentir à la police, en France.

– C'est même recommandé, dit Léonard. Vous seriez étonné de voir comme notre vie est compliquée. Le divorce n'existe pas, mais le concubinage entre gens mariés à d'autres gens est chose courante. L'avortement est puni de mort, mais abandonner son bébé n'importe où est parfaitement banal. Les meurtriers peuvent être graciés, mais les voleurs de poules sont toujours pendus sur les places publiques. Le Français tient des raisonnements subtils.

– C'est d'ailleurs pour cela que la Couronne a besoin de nous, renchérit Rose. Si elle se contentait de sa police pour maintenir l'ordre, ce seraient la violence et les brutalités généralisées. La police est trop occupée à espionner les opinions des concitoyens, il ne faut pas la déranger.

Fersen admit que ces messieurs n'avaient pas l'air passionnés par le meurtre de la pauvresse.

Le Grand Châtelet était une forteresse noirâtre surmontée de donjons pointus. Ce n'était pas un lieu élégant, les visiteurs se sentirent comme trois pâquerettes ayant poussé entre les pavés. Les Parisiens attendaient que le roi ordonne enfin de faire abattre tout ça pour financer la création d'une belle place publique ouverte sur la Seine.

Le chirurgien qu'avait envoyé chercher le commissaire ne marchait pas tout à fait droit, il se montrait exalté et sentait le vin. Rose fut choquée, si ses vendeuses se présentaient dans cet état, elle les renvoyait impitoyablement chez elles.

– Vous ne sévissez pas contre l'ivrognerie sur la voie publique ? dit-elle au policier.

– Où ça, un ivrogne ?

Elle désigna le chirurgien.

– Vous fêtez quelque chose ? lui demanda le commissaire.

– Oui, les vendanges.

– Vous voyez, rétorqua le policier. On ne va pas interdire les fêtes populaires, tout de même !

– Des vendanges ? Au printemps ?

– Ce sont les vendanges précoces, expliqua le chirurgien.

Ils attendirent quelques minutes le résultat de l'examen médical qui se tint dans une grande salle voûtée. Quand il les rejoignit, le chirurgien déclara que Louison était morte d'une balle en plein cœur. Une balle qui portait des traces d'or.

– Une victime du roi Midas, conclut-il en ouvrant sa pince pour faire tomber le projectile dans une coupelle en céramique.

Ce qui était le plus curieux, c'était que ce crime était le deuxième du genre. Cette semaine, il avait déjà retiré une balle identique d'un homme d'environ quarante ans, solidement charpenté.

– Petit-Colas ! s'exclamèrent en chœur le coiffeur innocent et la modiste qui ne savait rien.

Le commissaire haussa le sourcil. Il fallut lui expliquer que Philbert Petit-Colas et Louison se connaissaient, ils avaient discuté d'une mystérieuse affaire peu de temps avant de succomber à cette rafale fatidique.

– Mais je ne vous ai rien dit, conclut le coiffeur.

– Et je n'ai rien entendu, dit le commissaire, qui n'était pas payé pour s'intéresser à des problèmes dont on ne l'avait pas chargé.

Il s'empressa d'ailleurs de les chasser hors des locaux de l'administration.

– Évitez de vous trouver à nouveau dans les parages d'un cadavre, je pourrais penser que vous avez un rapport avec ces crimes. Parce que, si ça devait continuer, je devrais chercher un responsable à tout ça.

Fersen vit Rose adopter la mine de la jeune femme désemparée, et Léonard celle du coiffeur obtus ; lui-même avait tout du Suédois ébahi de découvrir un aspect de la France qui ne figurait pas dans les manuels d'histoire.

10

Tempête dans une bassine

Mesmer ayant mis à la mode la limaille de fer, Rose et Léonard revinrent à Versailles confectionner pour la reine un pouf « au baquet », avec grillage, cuve en métal et tige de magnétisation.

Tandis qu'ils l'habillaient, elle les pria de lui répéter les ragots de la capitale. Ils hésitèrent, échangèrent un regard entre le peigne et l'aiguille, et avouèrent que la grande rumeur du moment, c'était que MM. de Coigny, de Lauzun et Dillon étaient soupçonnés de soupirer pour elle.

– Ah ! tiens, le beau Dillon ? dit Marie-Antoinette, agréablement surprise. Il remonte un peu le niveau, j'ai cru qu'on ne me prêterait jamais que des amants âgés ou disgracieux.

Ça la changeait du baron de Besenval, un Suisse de cinquante ans, brusque et bruyant comme un vieux militaire. Une telle liaison était modérément flatteuse pour une reine qui n'avait pas vingt-cinq ans.

Pour ce qu'en savaient le coiffeur et la modiste, les Parisiens se demandaient lequel des trois avait ses faveurs, les paris étaient ouverts. On disait que l'un d'eux l'avait séduite en la faisant rire ; depuis lors, il n'avait plus aucun mal à faire patienter ses créanciers. Un autre lustrait, disait-on, les parquets du château à force de se traîner à ses pieds. Plus on les voyait assiéger les appartements de la reine, plus ils gagnaient soutiens et considération dans la capitale. Et le nombre des aventures qu'on prêtait à Marie-Antoinette augmentait de jour en jour.

– S'il fallait faire taire les rumeurs, je n'aurais aucun ami, dit-elle. Ou alors seulement des femmes.

– Que Votre Majesté se méfie, dit Léonard. Les gens ont l'esprit mal tourné, cette année.

La liste s'allongeait de l'ambitieux duc de Guînes, du Hongrois Esterhazy et du comte d'Adhémar.

– Ah ! lui, je ne peux m'en passer, dit la reine. Il chante si joliment ! Je l'accompagne à la harpe !

– Votre Majesté pourrait l'éloigner quelque temps pour mieux le rappeler ensuite…

– Bonne idée. Je dirai à mon mari de le nommer ambassadeur à Bruxelles, ça l'occupera.

Il y avait aussi ceux qui étaient simplement de mauvaises mœurs. Le comte de Vaudreuil, amant de Mme de Polignac, ou ce coureur de prince de Ligne.

– Peut-être pourrions-nous en recruter quelques-uns pour nous aider ? suggéra la dame d'atours.

– Surtout pas ! dit Marie-Antoinette.

Aucun d'eux ne pouvait mettre ses capacités au service de la reine : ils n'en avaient aucune. C'étaient des héros de bal masqué.

Mieux valait compter sur le coiffeur et sur la modiste. Quand la fermière générale aurait financé Mesmer et que celui-ci aurait bien magnétisé le couple royal, Marie-Antoinette mettrait au monde un garçon dont la naissance ferait taire les médisants. Hélas ! Mesmer était hors de prix avec son projet d'ouvrir un hospice dans un château. La reine avait besoin d'un million de toute urgence.

– Allez, au travail ! leur dit-elle. Courez-y vite ! Le bonheur est dans le blé !

Une fois sa toilette terminée, ce qu'elle avait sur la tête tenait de l'usine sidérurgique et de la grosse araignée articulée.

– Vous trouvez ça beau ? demanda-t-elle en s'observant dans le miroir.

– La mode n'a pas à être belle, répondit Léonard, c'est à la beauté d'être à la mode.

De retour dans ses grands appartements, Marie-Antoinette eut la surprise de rencontrer le comte d'Artois[1], le dernier frère de son mari. C'était le plus

1. Futur Charles X.

beau des trois, il avait beaucoup de prestance et se pomponnait de manière à plaire aux dames. Il avait entre les mains *L'Iliade*, qu'il posa sur un meuble.

– Connaissez-vous la guerre de Troie ? demanda la reine.

– Je connais mieux Orléans, répondit-il.

Dieu avait décidé qu'il serait non seulement le plus beau, mais le plus sot de cette famille où l'on n'arrivait plus à concevoir un être à peu près dépourvu de défauts gênants.

Comme il demeurait à lui sourire bêtement sans rien dire, elle eut l'horrible impression qu'il lui faisait la cour. Lui aussi voulait faire un bébé royal ! La prenaient-ils pour la reine des abeilles ?

Elle tint son éventail à l'envers. C'était un code. Sa dame d'atours lui rappela qu'elle avait mille rendez-vous urgents ailleurs et Artois prit congé.

Marie-Antoinette décida qu'elle devait vraiment mettre un terme aux assiduités de ces messieurs. On pouvait se défaire de certains importuns, mais il allait être difficile d'expédier le frère du roi dans une ambassade à Bruxelles.

Mme de Fitz-James avait une idée pour les décourager : il fallait leur faire savoir que la place était occupée.

– Occupée ? répéta la reine. Par qui ?

Le Suédois attendait dans le petit cabinet. Faute d'avoir un amant, la reine devait avoir un Fersen.

– Puisqu'il le faut ! dit Marie-Antoinette.

Elles convinrent d'un système de sécurité pour l'empêcher de trop s'avancer avec le Suédois. Au bout de quelques minutes, la duchesse toquerait sous un prétexte.

– Ne craignez rien, promit Marie-Antoinette, je serai forte !

Sa résolution dura le temps que mit la porte à se refermer derrière elle. Le Suédois se tenait dans l'encadrement de la fenêtre, il contemplait le jardin avec ses doux yeux rêveurs.

– Aimez-vous ma nouvelle coiffure ? demanda-t-elle.

– Beaucoup ! répondit Fersen.

Ce filet de limaille lui rappelait les vieilles jupes de dentelle de sa grand-mère de Stockholm, mais il jugea préférable de garder ce souvenir pour lui.

Il n'osait rien lui dire, c'était un grand nigaud, Marie-Antoinette décida de le taquiner.

– Voulez-vous toujours aller aux Amériques ? Loin des Parisiennes qui vous aiment ? Là où il n'y a que des Indiennes en pantalon de cuir qui s'enduisent les cheveux de graisse de buffle ?

– Il y a aussi les filles des colons…

– Fi donc ! Des puritaines qui cachent leurs cheveux sous des coiffes de lin empesé ! Qui baissent les yeux quand on leur parle ! Je suis sûre que leurs chignons ne mesurent pas deux pieds de haut et qu'elles n'ont pas d'œuvres d'art plantées dedans.

Sa coiffure faisait *ding*, *ding* à chaque mouvement.

– Pourquoi chercher vos galons en Amérique ? Restez ici, je vous nomme mon général en chef.

– Merci, Madame.

– Quand personne ne nous entend, vous pouvez m'appeler Antoinette.

– Oh ! Je n'oserais pas !

– Qu'il fait donc chaud, tout à coup, je me sens oppressée…

Elle se renversa en arrière sur le sofa.

– Antoinette ! s'écria le Suédois.

– Vous voyez, quand vous voulez !

De petits coups furent frappés à la porte du boudoir.

– Madame ! dit la duchesse de Fitz-James. Voici venir les tantes du roi !

– Sauvez-vous ! dit la reine à son Suédois. Qu'on ne vous voie pas ici !

Dès qu'il se fut échappé par une autre porte, la dame d'atours entra.

– Comment va M. de Fersen ?

– Il fonctionne très bien. Il a deux positions : « j'obéis » et « j'adore ». Il est parfaitement au point.

Les tantes du roi n'étaient pas réellement dans les parages, en revanche, l'ambassadeur d'Autriche avait déposé une lettre de l'impératrice, mère de la reine. Mme de Fitz-James l'avait ouverte et se proposait d'en faire la lecture.

– Cette lettre contient-elle le mot « bébé » ? demanda Marie-Antoinette.

– Oui, Madame.

– Dans ce cas, non merci.

Cette histoire de bébé qu'il fallait faire et qu'elle ne faisait pas mettait de la bisbille entre sa mère et elle, bien davantage qu'entre elle et son mari – lui au moins n'était pas pressé. Une femme pouvait apprendre à s'arranger avec son mari ; avec sa mère, jamais.

Comme elle avait encore un peu de temps à elle, Marie-Antoinette s'assit à sa harpe. Elle aimait déchiffrer une partition ou improviser sur les poèmes qu'on lui dédiait. Le temps se suspendait pendant une sonate. Mais ce jour-là un bruit inconnu vint bousculer sa mélodie.

– Qu'est-ce donc ?

Renseignement pris, c'était M. Mesmer qui jouait de l'harmonica dans l'antichambre. Mme de Fitz-James affirma que le spectacle valait le coup d'œil et la reine alla voir.

L'Allemand avait sorti d'une mallette un petit matériel dont il ne se séparait jamais. Outre ses outils de magnétiseur, il y transportait son instrument de musique favori. Il avait installé côte à côte cinq verres remplis d'eau-de-vie, de vin, d'huile et d'eau. En frottant son doigt sur le bord, il en tirait des sons étranges. Entre deux notes, il déclara qu'il cherchait le secret de l'harmonie universelle et préparait la « cantate de l'humanité ».

– Car la grande question que je traite n'est ni individuelle ni nationale : elle est universelle ! C'est à tous les peuples du monde que je m'adresse !

En attendant, Marie-Antoinette aurait aimé qu'il lui vende un baquet magnétique. Mais comment faire entrer cela au château sans s'attirer les reproches de la Faculté ? Comme le métier de Mesmer était d'avoir réponse à tout, elle envoya ces dames réunir le matériel nécessaire.

La princesse de Lamballe revint avec deux valets qui portaient la barrique où les lingères de Sa Majesté frottaient les culottes royales. Les bouteilles vides arrivèrent du corps de garde, où l'on n'en trouvait jamais beaucoup de pleines. Pour l'eau, il fallut la puiser dans le Grand Canal. La limaille fut dénichée dans l'atelier où le roi s'adonnait à la serrurerie – comme c'était lui qui avait conçu la serrure, tout le monde pouvait y accéder à l'aide de n'importe quelle clé. Pour le soufre, Mme de La Tour d'Auvergne en chipa au Potager du Roi, où on l'utilisait pour punir les parasites qui commettaient des sacrilèges sur les royales courgettes. Les tiges métalliques étaient un cadeau des fontainiers.

Mesmer brisa les bouteilles dans la barrique, il ajouta l'eau, la limaille, le soufre, il couda les tiges et les fixa, puis il verrouilla le tout : nul ne devait voir ce qu'il y avait à l'intérieur, il fallait préserver le mystère.

– Oui, voilà, dit la reine, préservons le mystère.

L'assemblage évoquait une pieuvre échouée sur le tapis de soie. Il fit des passes au-dessus du baquet pour lui transmettre son flux vital, puis ces dames en firent l'essai. La magnétisation semblait avoir sur certaines d'entre elles des effets violents.

– Ciel ! Je défaille ! dit Mme de Lamballe.

– Pas maintenant, dit la reine en lui donnant un coup d'éventail.

– Ah ! bon, dit la princesse, qui se redressa.

Mesmer promenait sa main devant les yeux des patientes.

– Soyez en bonne santé, je le veux !

– Quel est ce fluide ? demanda la reine.

– Votre Majesté connaît le principe de Newton selon lequel les planètes s'attirent ? Eh bien, j'ai découvert que les animaux s'attirent aussi !

– J'aurais pu vous le dire, dit Mme de Polignac.

Il leur parla des marabouts, ces sorciers africains qui luttent contre les forces mauvaises.

Marie-Antoinette décida de marabouter le roi.

11

Larmes amères et vin râpeux

Rose et Léonard retournèrent à l'endroit où se rejoignaient les traces de Philbert Petit-Colas et de son amie Louison : le café secret de Montignou à côté des bureaux de la ferme générale. Le bistrotier reconnut tout de suite le coiffeur, on n'oublie pas facilement une personne qui vous a été présentée juste avant qu'une épidémie de morts violentes ne s'abatte sur le reste de la clientèle. Il avait justement de nouvelles tisanes à offrir aux survivants.

– Verveine ? Tilleul ?

Ils optèrent pour une petite verveine qui se révéla être un tord-boyaux.

– Elle est raide, votre verveine, dit Léonard, qui en avait pourtant goûté dans tous les genres.

– Je la fais moi-même, dit leur hôte en désignant l'arrière-salle où marinait le nectar.

– Des renseignements sur le décès de Philbert Petit-Colas ? demanda le coiffeur.

L'aubergiste haussa les épaules.

– Non, personne n'est mort depuis hier soir, répondit-il en essuyant les timbales qui trempaient dans une bassine en zinc.

Rose et Léonard firent grise mine. Ils manquaient d'indices et le niveau d'alcool du tilleul n'aidait pas à réfléchir.

– En revanche, j'ai reçu la visite de la police, les informa Montignou. Je n'ai pas mentionné le message que Philbert avait déposé pour vous.

– Pourquoi donc ?

– Je n'aimerais pas être accusé de faire concurrence au service des postes d'à côté.

Il ne voulait pas d'ennuis, ni en causer à autrui. Dans son métier – dispensateur de remontants pour employés ramollis –, on préférait limiter au strict minimum les relations avec les autorités.

Puisqu'il était enclin à partager leurs soucis, Rose retira de son sac à ouvrage l'un des portraits gravés de M. Cottin de Melville que leur avait confiés la veuve.

– Connais pas. Qui est-ce ?

– Un mort.

– Encore un ! Il n'y a que ça, dans votre entourage !

– Celui-ci est mort il y a trois ans, précisa la modiste tandis que Léonard sifflait le fond de sa tasse pour oublier quels dangers il courait depuis qu'il posait des extensions sur la tête de la reine.

– Ah ! fit Montignou, il a eu le temps de refroidir, alors.

Rose feignit d'apprécier cet humour de tavernier.

– Nous n'en sommes pas sûrs. D'aucuns prétendent avoir vu son fantôme rouler sa bosse dans les rues de Paris.

– C'est tout ce qui nous manquait, ces jours-ci, en plus du beurre qui augmente !

Rose et Léonard essayèrent de faire le point dans les effluves de verveine. Quel rapport entre ces nouveaux assassinats, celui de Philbert et celui de Louison, et la disparition de Cottin de Melville trois ans plus tôt ? Si le fermier général n'était pas vraiment décédé, pourquoi n'était-il pas en train de profiter paisiblement de son immense fortune ? Avait-il emporté son trésor avec lui ? Il aurait fallu étudier les comptes de sa maison de finance.

– Croyez-vous que Mme Cottin de Melville nous laissera les examiner ? demanda Rose.

– Et si nous les consultons, croyez-vous que nous y comprendrons quelque chose ? dit Léonard.

Les financiers n'aimaient guère montrer leurs livres à des étrangers. Ils allaient devoir demander la permission, et gentiment, par exemple en lui présentant un ordre signé de la reine.

De l'avis de Léonard, cette histoire de revenant était un stratagème monté par les ennemis de la fermière pour lui faire perdre la tête. C'était l'explication la plus logique.

– Car, enfin, si j'avais une belle fortune et une belle épouse, je ne me ferais pas passer pour mort !

– Pas pour mort, dit Rose, pour ivre mort ! Du matin au soir ! Lâchez cette théière !

Après tout, ils ne connaissaient pas très bien les contours de la fortune des Cottin de Melville, ni le caractère de la veuve. Rose ne lui faisait aucune confiance.

– À mon avis, elle est du genre à pousser ses maris à la noyade, et plusieurs en même temps si nécessaire !

– Comme vous êtes méchante ! dit le coiffeur.

– Tentons l'expérience, épousez-la, nous verrons combien de temps vous tiendrez. Ah ! oui ! Vous ne pouvez pas ! Pamiers !

Il détestait s'entendre rappeler qu'il avait à Pamiers une épouse qu'il n'avait guère fréquentée ces cinq dernières années.

– Au moins, un jour, quelqu'un m'a fait assez confiance pour m'épouser, moi ! rétorqua-t-il.

– Et elle doit bien s'en mordre les doigts aujourd'hui, la mariée !

– Ce n'est pas ma faute, j'attire les femmes désagréables !

La vaisselle se mit à voler d'un bout à l'autre de la table.

– Chaud moineau !

– Chaudière à boudin !

Montignou suivait cet échange avec un mélange de curiosité et de consternation.

– Merci d'améliorer l'ambiance de ma salle de repos pour employés fatigués. Avec vous, mes clients n'ont plus besoin de rentrer chez eux pour se sentir en famille. Vous me devez deux tasses et deux soucoupes.

Léonard se renfrogna. Il n'avait pas de chance. Pourquoi étaient-ce toujours les autres qui jouissaient de la vie, de la fortune, du veuvage ?

Des clients entrèrent pour acheter des bouteilles que Montignou sortit de sous le comptoir. Vu la couleur, il s'agissait de gros rouge, et les acheteurs n'étaient pas de la meilleure cuvée non plus.

– Vous faites des soldes ? demanda Rose.

Il en avait vendu toute la journée, c'était pour la veillée funèbre en souvenir de Louison. L'hospice de la Salpêtrière avait prêté une salle, l'un des administrateurs était apparemment un ancien béguin de la disparue.

– C'est habillé ? demanda Rose.

– Je ne sais pas, répondit le tavernier. Il faut apporter des bouteilles de vin pour être admis, alors jugez vous-même.

– Je vois le genre, dit la modiste.

Cette veillée était le lieu parfait pour se renseigner sur Louison et glaner des informations sur les motifs de son assassinat. Il leur fallait de l'alcool, et le plus vite serait le mieux. Mais s'ils apportaient de la verveine de Montignou, plus personne ne serait en état d'être interrogé.

– Il vient aussi de votre arrière-salle, le tilleul ? demanda Rose.

– Oh ! non ! C'est une liqueur de haute qualité distillée en Normandie dans les règles de l'art ! Mon cousin la prépare dans sa cuisine.

– Si c'est fait avec des pommes, ça ne peut pas être mauvais, plaida Léonard.

Ils firent un saut chez eux pour se vêtir comme il convenait. Rose leur fabriqua des tenues de pauvres hères tels qu'elle se les figurait, avec des petits nœuds de taffetas de la saison passée, comme en portaient les pauvres. Léonard se chargea des coiffures. Résultat, les étoffes étaient trop proprettes et les cheveux trop nets, l'effet faisait un peu « bal de charité » à Versailles.

Rose choisit un beau velours dans sa réserve et en fit un gros paquet qu'elle cala sous son bras.

– Il y a quelque chose qui cloche, dit-elle, une fois dehors, en se contemplant dans une vitre.

Ni une ni deux, Léonard passa ses mains grasses de crème dans la toison de son acolyte de façon à l'ébouriffer le plus possible. Quand elle se vit de nouveau, elle avait tout d'une folle échappée de la Salpêtrière où ils allaient. Pas sûr qu'on la laisse sortir une fois la fête finie. Le rouge lui monta aux joues. Elle regarda le coiffeur avec l'aménité d'un taureau de corrida.

– Vous aussi, il manque quelque chose à votre tenue.

– Quoi donc ?

Elle le poussa dans le ruisseau qui coulait au milieu de la rue. Il s'étala de tout son long et se releva boueux.

– Voilà, vous êtes parfait. Tout à fait un vaurien. Plus vrai que nature.

Il chercha des yeux dans quoi la pousser. Mais un coiffeur ne poussait pas une dame dans la crotte, quels que fussent ses griefs. Au pire, il se contentait de la poignarder dans le dos, ce qu'il ne manquerait pas de faire à la première occasion.

L'hôpital de la Salpêtrière avait à l'origine été un hospice pour personnes âgées fondé par saint Vincent de Paul, un homme qui avait passé sa vie à secourir les miséreux. C'était un ensemble de beaux bâtiments oblongs que surplombait le dôme imposant d'une chapelle d'époque Louis XIV. Ce dôme évoquait à Léonard ses propres créations capillaires, il avait l'impression de contempler un hommage à son art magistral fixé dans la pierre.

– C'est très joli, nous avons bien fait de venir.

La salle dévolue à la veillée funèbre s'était changée en cour des miracles. Les paralytiques déposaient leurs béquilles au vestiaire et entraient d'un pas alerte, tandis que les aveugles rangeaient leur bandeau dans leur poche comme on range son matériel de bureau. Comme la salle jouxtait l'hospice, de vrais malades en sabots pleins de paille et en chemise de nuit se joignaient à la fête pour profiter du vin gratuit. La vaste pièce était garnie d'objets douteux, notamment la vaisselle : aucune assiette n'était pareille à l'autre, tandis que verres et timbales étaient gravés de différents chiffres. Certaines cannes semblaient parfaites pour frapper on ne sait qui. Léonard s'inquiéta.

– J'aurais peut-être dû emporter une arme…

– Vous avez le tilleul, répondit Rose.

– Je pourrai toujours assommer quelqu'un avec la bouteille…

– C'est le contenu qui se chargera de les assommer.

Ils voyaient autour d'eux un mélange de toutes les catégories de gens les plus démunis parmi ce qui survivait dans les rues de Paris : ivrognes, ramasseurs de tout ce qui traîne, glaneuses des halles, vielleux ambulants et chanteurs des rues à la voix éraillée. Ceux-ci avaient entonné à plusieurs tons, autour du cercueil, une *Complainte du malheureux scrofuleux* qui tenait lieu de requiem. Il y avait aussi quelques prostituées de bas étage dont on pouvait se demander si elles étaient venues dire adieu à une amie ou recruter des clients.

Comme les pichets étaient plus nombreux que les gobelets, les invités en usaient à la bonne franquette, ils buvaient au goulot et s'échangeaient les bouteilles.

– Non merci, sans façon, dit Rose en passant le flacon à Léonard. Dites donc, c'est le festival de la couperose, ici.

– Te fatigue pas, dit le mendiant qui lui avait offert à boire, on sait bien qui vous êtes !

– Ah ! bon ? dit le coiffeur.

– Combien pour aller là-bas cinq minutes avec ta poule ?

– Voyez ça directement avec elle, mon ami, répondit Léonard, qui avait vu des insolents frôler la castration pour moins que ça.

Rose répondit qu'elle ne se roulait pas dans le stupre les soirs de deuil.

– C'est bien d'avoir des principes quand on n'a pas le sou, admit le client potentiel.

Rose acquiesça. Ce devait être pourquoi les gens riches manquaient tellement de moralité.

Léonard la félicita pour les costumes qu'elle leur avait fabriqués.

– Bravo ! On nous prend pour une fille à louer et son souteneur !

– C'est à cause de vous. J'ai beau vous déguiser, votre nature profonde ressort toujours.

– Larronnesse !

– Arsouille[1] !

– Eh ben, eh ben, les amoureux ! dit l'ivrogne à la bouteille. Buvez donc un coup pour vous réconcilier !

Ils pouvaient refuser de coucher, mais non de boire la moindre goutte, cela aurait été suspect. Rose sor-

1. Canaille.

tit un mouchoir de dentelle pour tenter de désinfecter le goulot.

– Il n'est pas si mauvais, ce tilleul, dit le coiffeur en restituant la bouteille.

– Oui, on sent bien la pomme, dit la modiste.

Le clochard était d'accord, il allait lâcher la gnôle pour se mettre à la tisane.

Malgré ses efforts pour être mal vêtue, Rose avait l'allure d'une princesse, ses haillons savamment chiffonnés faisaient figure de brocarts.

– J'ai encore des progrès à accomplir dans le moche.

Les miséreux chantaient à tue-tête, on aurait pu les croire heureux. Cette veillée funèbre tournait au prétexte, les tirelires avaient été vidées pour payer le buffet. Rose et Léonard eurent l'impression qu'on s'amusait mieux ici que chez les fermiers généraux. En revanche, l'état des chevelures donnait au coiffeur un aperçu de l'enfer. C'était une collection de teignes, de poux, de mèches arrachées et de tresses filasse, grasses, éteintes : des ectoplasmes de cheveux.

– Dieux du ciel ! C'est un cauchemar !

– Petite nature.

Ce qui horrifiait Rose, c'était de voir les femmes paraître dix ans de plus que leur âge, et même vingt ans si on prenait comme point de comparaison celles habillées par elle. Et l'odeur ! Ils respiraient un mélange d'exhalaisons corporelles, d'urine et de caries dentaires. Léonard était loin de ses poudres et onguents, il cachait dans le creux de sa main une de ces petites boules de pot-pourri que les gens élégants avaient toujours sur eux en cas d'urgence.

– Pourquoi croient-ils qu'on a inventé les parfums ? Et le savon ?

– Vous manquez de commisération, dit Rose en agitant son éventail. Il faudrait juste ouvrir des étuves gratuites.

Un tonneau ayant été mis en perce, un toast fut proposé à « Louison la chanceuse ». Le contenu du tonneau était encore pire que le tilleul et la verveine, à la grande joie des clochards.

– Louison aurait été heureuse de voir servir un tel nectar à ses funérailles ! dit quelqu'un.

Le corps était exposé contre un mur sur une sorte de présentoir couvert de petites décorations, principalement de vieilles fleurs artificielles récupérées dans les ordures des beaux quartiers. Rose ouvrit le paquet qu'elle avait apporté et déplia un beau velours, qu'elle disposa à la manière d'un suaire. Puis ils récitèrent tout bas une petite prière devant la dépouille de cette femme qu'ils n'avaient pas eu le temps de bien connaître. Quel rendez-vous manqué ! Si seulement elle leur avait parlé, au lieu de se jeter dans les bras de son assassin !

Elle était moins pâle que de son vivant. Pour lui donner l'apparence de la vie, de bonnes âmes lui avaient dessiné des pommettes rouges qu'elle n'avait jamais eues. Rose se baissa pour examiner ses mains, qui lui paraissaient étranges.

– Je n'ai jamais vu quelqu'un d'aussi pâle.

– C'est pour ça qu'elle est venue en France, dit à côté d'eux une grosse femme trop maquillée. Le soleil lui était insupportable.

– Elle n'était pas française ? dit la modiste.

– Oh ! si ! Des Antilles. C'est là qu'elle a vu le jour. Elle a été au service de Cottin de Melville, le fermier général. Il l'avait achetée à son maître.

– Achetée ? Comme dans l'Antiquité romaine ?

– Non, comme dans les plantations d'aujourd'hui, dit leur interlocutrice avant de rejoindre le tonneau, qui devait lui sembler de meilleure compagnie.

Ils ne comprenaient pas bien à quel titre Louison avait vécu dans les plantations. Ils supposèrent qu'elle faisait partie de ces « petits Blancs » qui peuplaient l'archipel.

L'ivrogne de tout à l'heure revenait vers eux avec une autre bouteille fatale. « Si ça continue, je vais être malade », se dit Rose, même si elle ignorait encore de quoi. C'était un bonhomme à interroger, mais il fallait faire vite, tant qu'il avait encore ses esprits.

– Vous la connaissiez bien, Louison ? demanda-t-elle.

– Et comment ! répondit-il avec un clin d'œil dont ils se seraient bien passés.

Il leur raconta que Louison avait été au mieux avec le fermier général Cottin, moins bien avec la fermière générale quand celle-ci l'avait découvert.

– Ce n'est pas une femme très partageuse, conclut l'aimable informateur, dont la main s'égara sur le popotin de la modiste.

– Moi non plus, dit Léonard en écartant la main – ce n'est pas parce qu'on déteste quelqu'un qu'on doit jeter cette personne en pâture à des malappris, il aurait sa vengeance quand il le voudrait, il n'allait pas se la laisser voler par un rustre.

Ce dernier se consola d'une nouvelle rasade et continua son récit. Louison avait donc été chassée du paradis des hôtels particuliers par la Cottin. Si courant que soit le fait de coucher avec les servantes, certaines épouses ne s'y faisaient pas. Surtout celles qui avaient le caractère de Mme Cottin. Louison n'avait pas apprécié son renvoi, elle en savait assez long sur son ancienne patronne pour animer toute une soirée en mimant ses colères, ses ordres impérieux et ses outrances.

Le coiffeur et la modiste se demandèrent s'il ne fallait pas voir là un mobile de meurtre. Ils avaient de très nombreuses questions : Qu'avait fait Louison le jour de sa mort ? Avec qui avait-elle ses habitudes ? Et d'où venait le petit trésor d'objets dorés qui dormait sous son matelas ?

– Un trésor ? répéta l'ivrogne. Ça m'étonnerait ! Elle était fauchée comme les blés !

Léonard se tourna vers la modiste.

– Taisez-vous, je réfléchis ! dit Rose.

Elle tâchait de tirer les enseignements de ce qu'ils venaient d'apprendre. Ce magot était donc récent. Quelqu'un l'avait payée pour la faire taire, ça expliquait qu'elle ait refusé de leur parler aux funérailles de Philbert. Mais on l'avait payée en nature, si bien qu'elle continuait de faire la manche en attendant d'avoir pu revendre tout ça. La personne qui l'avait payée ne disposait sans doute pas de fortes sommes en liquide. Or la fermière générale n'aurait eu qu'à ouvrir sa cassette. On pouvait aussi supposer que le dispensateur de ces babioles était une femme. La fortune du ménage était en principe aux mains du mari, l'épouse avait plus de mal à en distraire une partie pour effectuer un paiement inopiné. On cherchait donc une femme mariée possédant de beaux colifichets… La plupart des clientes de Rose et de Léonard répondaient à ces critères !

Ce dernier s'impatientait, il avait fini son tilleul.

– Peut-on savoir à quelle conclusion merveilleuse vous êtes parvenue ?

– À aucune.

– J'en déduis que réfléchir ne sert à rien, je suis arrivé au même point que vous sans me fatiguer.

Rose leva les yeux au ciel. Le jour où on lui avait adjoint cet animal, on aurait mieux fait de lui attacher deux boulets aux pieds.

– Moi, je préfère laisser réfléchir les autres, poursuivit le coiffeur, qui semblait un peu rond. Regardez-moi faire. Hé, mon brave ! lança-t-il à l'intention de l'ivrogne. De quoi Louison vivait-elle ?

Pour ce qu'en savait le témoin, dont le phrasé devenait pâteux, elle avait mis au point une tournée de mendicité qui rendait fort bien. Elle la doublait d'une tournée de beuverie à laquelle elle se tenait tout aussi fidèlement. Et puis elle recevait des dons à profusion.

– Des dons ? s'étonna la modiste.

– Elle était très forte pour faire cracher les bonnes âmes. Et il y en a beaucoup, dans cette ville pleine de communautés religieuses ! Chaque rue de Paris possède son couvent, son monastère, son hospice tenu par des bonnes sœurs ou son orphelinat… Il y en a dix, rien que d'ici à la Cité. La religion engage à faire la charité, il faut juste savoir quoi dire aux bons chrétiens. Louison avait le don de toucher leur cœur. Surtout en début de tournée, quand elle était à jeun. Au retour, les bonnes gens s'écartaient sur son passage, elle zigzaguait en proférant des vérités premières.

Ils avaient vu cela aux funérailles de Philbert. Cette veillée funèbre était digne de l'École d'Athènes, ils enterraient le Socrate de la mendicité ! Quelle perte !

– Je suis étonnée qu'une personne si bien adaptée à son mode de vie ait péri de si terrible façon, dit Rose.

Son interlocuteur se renfrogna, c'est-à-dire que son visage se plissa de partout, hormis le nez, trop rouge et trop gros pour subir une autre transformation après celle imposée par l'alcool.

– La dernière fois que je l'ai vue, elle n'était pas bien. Elle n'arrêtait pas de dire qu'elle avait découvert quelque chose de terrible. De trop affreux pour le crier à tous les vents. J'ai mis ça sur le compte de la boisson – il y a des jours où on supporte moins bien la tisane.

De toute évidence, pour ce qui était de ce monsieur, ils se félicitèrent d'être tombés sur le bon jour.

– À quel point était-elle accablée ? demanda Rose.

– Pas au point de tirer une balle, mais aujourd'hui je me dis que son secret la rongeait de l'intérieur. À un moment, elle m'a paru au bord des larmes. C'était il y a trois jours. Et à présent, la voilà, étendue sous nos yeux, notre pauvre amie !

Les larmes se mirent à couler de ses yeux sans qu'il prenne la peine de les essuyer. Ce n'était pas un joli spectacle.

Partout dans la salle le tilleul commençait à faire ses ravages. Les musiciens jouaient faux. Certains invités fixaient leur gobelet d'un œil hagard. Le vin virait au triste. Une femme larmoyait comme un veau. Un homme tomba évanoui sur le plancher sans soulever l'intérêt de quiconque.

– Nous devons faire le tour de ceux qui sont encore en état de nous répondre ! dit Rose.

Ils étaient au bal de Cendrillon, quand l'heure aurait sonné, leurs témoins se changeraient en épaves. Il fut décidé que Léonard interrogerait les hommes et elle les femmes.

Rose reconnut dans la foule la logeuse qui leur avait ouvert chez Louison. Cette femme était une Madeleine. Rose lui tendit son mouchoir pour éponger ses yeux. Elle se moucha dedans et le fourra au fond d'une poche.

– Euh…, dit la modiste en désignant du doigt la poche où avait disparu son précieux morceau de coton brodé.

La logeuse saisit cette main tendue vers elle.

– Vous êtes si bonne d'être venue pleurer avec nous cette pauvre Louison !

– Oui, mais mon…

– Et vous nous avez apporté à boire ! Et un beau velours pour l'enterrer ! Vous êtes une sainte ! Vous pouvez m'appeler Ernestine !

Rose fit une croix sur son bien, les saintes ne réclament pas leurs mouchoirs. Il était temps de rentabiliser cette perte. Elle demanda quelle visite Louison avait reçue le jour de sa mort.

– Je n'ai vu personne, répondit Ernestine comme si elle récitait une leçon.

De toute évidence, elle ne souhaitait pas subir le même sort que son amie, si fort qu'ait été le lien entre elles. Bavards et bavardes ne font pas de vieux os, encore moins ces jours-ci.

– Vraiment ? dit Rose. J'aurais cru que vous auriez à cœur d'aider à punir la personne qui a mis fin à votre belle amitié d'une façon si brutale. Je suis sûre que Louison aurait fait cela pour vous…

Ernestine siffla un peu de tilleul pour s'aider à prendre la bonne résolution.

– Je n'ai vu personne de ma connaissance, précisa-t-elle après avoir recouvré son courage.

– Oui ? dit Rose, pressée d'entendre la suite.

– Mais si j'avais passé du temps à écosser mes petits pois derrière ma porte entrouverte, il m'aurait été possible de voir monter une personne en jaune.

– Une femme en jaune ?

C'était dans ce cas une personne vulgaire, le jaune n'était pas du tout la couleur de la saison. À moins que… N'avait-elle pas bâti dernièrement une robe jaune pour la fermière générale ?

– Si cette personne avait été Mme Cottin de Melville, l'auriez-vous reconnue ?

– Je n'ai pas dit que c'était une femme, dit la logeuse. Je n'ai vu que l'étoffe. Mais la Cottin, je crois que je la reconnaîtrais même dans le noir, avec un bandeau sur les yeux et par une nuit sans lune !

– Vous la connaissez bien ?

– Et comment ! Il y a dix ans, je couchais avec son mari !

Encore une ! Mais combien de maîtresses cet homme avait-il eues ? Rose se souvint avoir lu le nom « Ernestine » sur la liste fournie par la veuve. Mais elle n'avait pas fait le rapprochement avec la logeuse d'une maison louée à des gens à peine plus désemparés qu'elle. La lumière se fit dans son esprit.

– La maison est à vous ! C'est le fermier général qui vous l'a payée !

– Banco, ma belle, dit Ernestine tandis que le mouchoir faisait une réapparition pour étaler sur les joues le fard à paupières qu'avaient fait couler les larmes. C'était un brave homme, il me l'a offerte en cadeau de rupture. Chaque fois que sa femme découvrait ses liaisons, elle lui menait la vie dure jusqu'à ce qu'il rompe. La Cottin ne supportait pas de connaître l'identité de ses rivales, c'est une jalouse-née, ce sont les pires. Hargneuse, indiscrète, chicanière… Elle avait tout pour réussir dans la finance. S'il n'était pas mort en mer, elle aurait fini par le tuer. Entre les frasques de monsieur et l'ambition de madame, ça ne pouvait pas bien finir.

Rose se demanda si cela n'avait pas justement mal fini. Aujourd'hui, l'un était mort et l'autre était tourmentée par un fantôme. Beau bilan pour un mariage ! La seule institution du divorce suffisait à justifier la Réforme.

Elle aurait voulu poser d'autres questions, mais Ernestine avait dépassé le point où elle pouvait fournir des réponses cohérentes. Ou alors elle feignait l'ébriété pour mettre un terme à la conversation. Rose en fut très contrariée. Bien sûr, elle pourrait retourner la voir le lendemain, mais une expérience récente lui avait appris que les témoins intéressants ne tardaient pas à lui claquer entre les mains d'une balle en plein cœur.

De son côté, Léonard avait terminé sa corvée bien avant elle. Ces messieurs ne tenaient pas du tout l'alcool, la moitié ronflaient, avachis contre un mur, le menton sur la poitrine, et l'autre moitié débitaient des propos incohérents. Il observa un moment sa comparse en espérant qu'elle se déciderait à lever le camp. Elle semblait avoir l'intention d'interroger chacune des pauvresses une à une.

Par ailleurs, le tilleul se rappelait à sa vessie. Il laissa la modiste à ses interrogatoires et sortit dans le jardin pour un petit pipi discret. Pourquoi ne rentrerait-il pas se coucher ? Pour ce qu'il était concerné, la reine du pouf n'avait qu'à rester parmi ces gens, qu'elle y passe la nuit si elle voulait !

Quand l'envie de se soulager eut cessé de le tourmenter, les remords le prirent. Abandonner une dame était incorrect, même s'il s'agissait de Mlle Bertin. Il décida de retourner dans la moiteur de cette salle puante, et tant pis s'il devait patienter jusqu'à ce qu'elle puisse se vanter d'avoir déterré un indice comme un toutou qui frétille de la queue après avoir trouvé un os.

Il en était là de ses réflexions lorsqu'un sac de toile vide engloutit sa tête. Des bras puissants le poussèrent à l'intérieur d'une voiture, ce qui risquait fort de contrarier ses projets pour la soirée.

12

Le canari maltais

Léonard était étendu sur le plancher d'un carrosse qui roulait à vive allure. Il subissait tous les cahots de la chaussée pavée. Impossible de bouger, deux paires de pieds posés sur lui comme sur un paillasson l'empêchaient de se relever. Impossible aussi de protester : dès qu'il essayait, l'homme dont la chaussure était le plus proche de sa tête en donnait des coups contre le sac de toile pour lui intimer le silence. Vu l'odeur, le sac en question devait avoir contenu des denrées périmées, ce qui n'améliorait pas le confort de la situation. On ne pouvait rêver mieux.

– Voilà une course rondement menée, monsieur Campogne, dit l'un des ravisseurs sur un ton satisfait.

– Laissez-moi vous féliciter pour votre maniement du sac, monsieur Pissavain, répondit l'autre avec la même politesse rigolarde.

Léonard eut l'impression que MM. Campogne et Pissavain étaient les comiques-nés du banditisme contemporain. Sans doute aurait-il payé pour les voir s'empoigner à la foire en petite tenue, mais à présent il aurait versé cent fois le prix du billet d'entrée pour ne jamais les avoir rencontrés. Avec des noms pareils, Campogne et Pissavain, leur méchanceté avait des excuses : c'étaient les circonstances atténuantes assurées lorsqu'on les traînerait devant les tribunaux pour l'avoir assassiné. Il espéra qu'ils n'allaient pas le trucider.

La voiture ralentit enfin, elle prit un virage en épingle à cheveux, il sentit qu'elle entrait dans une cour dont il entendit le portail se refermer. Sa capuche lui fut ôtée. Ces messieurs si aimables lui firent quitter le carrosse sans presque lui donner de coups aux fesses.

Il se trouvait devant un bâtiment en construction, avec échafaudages et poulies. Pas la moindre trace des ouvriers, le chantier semblait délaissé et les habitants de la maison abandonnés à leur sort. Car ce début d'hôtel particulier était habité, il y avait des rideaux aux quelques fenêtres déjà posées, et de la fumée s'échappait d'un conduit de cheminée en brique qui s'élevait en haut du bâtiment sans toit.

Lorsqu'on l'eut poussé dans cet enchevêtrement fantomatique, il découvrit une demeure « luxueuse » installée à l'intérieur du chantier. Des planches avaient été disposées un peu partout par-dessus les trous d'un sol pas encore carrelé. Certains plafonds étaient déjà ornés de stucs alors que d'autres manquaient. Les signes du plus grand luxe émergeaient d'une atmosphère de complet dénuement. Cette bâtisse promettait d'être un magnifique hôtel particulier, si jamais on parvenait à la terminer. Pour l'heure, c'était une carcasse où nul n'aurait dû habiter. Le château de la belle au bois dormant s'était endormi avant son achèvement.

On le conduisit dans une salle éclairée par un lustre, meublée d'un billard et de quelques chaises, où régnait une sépulcrale ambiance de faillite. Un homme vêtu d'un habit bouton-d'or jouait contre lui-même. Rose aurait certainement eu quelque chose à dire sur cette envie de se changer en gros canari ; et son commentaire aurait sûrement mis en doute la santé mentale de celui qui portait le costume.

Le maître des lieux était un homme mince, voire émacié, âgé d'une quarantaine d'années, au visage taillé à la serpe. Après avoir déposé sa veste sur une chaise pour frapper commodément les boules qui s'entrechoquaient sur le tapis de feutre, il jeta un coup d'œil à son invité, mais se désintéressa de lui aussitôt.

– Ainsi donc vous m'espionnez pour le compte de la Cottin, dit le joueur de billard en visant une boule.

– Moi ? dit Léonard. Pas du tout !

– Vous travaillez pour cette crapule de Cornuchon, dans ce cas. J'aurais parié sur la Cottin, c'est son style d'embaucher de petits blondins poudrés et pommadés. Elle aime s'entourer d'incapables, ça lui donne un sentiment de supériorité. J'en ai déjà expédié deux dans un monde meilleur.

Léonard se retint de demander s'il fallait compter le mari au nombre des victimes. Il comprit qu'il était dans l'antre du troisième fermier général, celui qui était en concurrence avec Cornuchon pour reprendre le contrat des postes. Comment se nommait-il, déjà ? Saint-Avril ? Saint-Avide ? Quel était son contrat de ferme ? Et d'où venait cette odeur âcre qui flottait dans l'air ?

L'un des gros bras qui l'empêchaient de s'enfuir, Campogne ou Pissavain, s'était permis d'allumer une pipe sans demander la permission. Cela revint à Léonard. La ferme des tabacs ! Son ravisseur se nommait Saint-Avit !

– Au reste, c'est du pareil au même ! dit ce dernier en envoyant une grosse boule d'ivoire heurter les rebords de sa table. Cottin, Cornuchon, même tabac ! J'ai eu la mauvaise part !

De toute évidence, la ferme de Saint-Avit rapportait moins que d'autres. Le problème, quand on est riche, c'est qu'on voudrait l'être énormément. La fortune des autres est une insulte. Les gens très fortunés sont fermement contre les inégalités sociales qui les séparent des plus riches qu'eux.

Léonard eut l'impression d'avoir lu dans les pensées du fermier général.

– Ça ne rapporte rien, les tabacs ! s'exclama celui-ci en frappant une boule. Trop peu de gens fument ! Il n'y a presque que les militaires !

Les gens vulgaires chiquaient, les gens élégants prisaient, mais ceux vraiment élégants s'abstenaient de tout ça car le tabac vous noircit le nez ou les dents. Quant aux taxes, elles étaient très basses afin de soutenir les plantations des colonies.

– Mieux vaudrait toucher sur les vinaigres comme Cornuchon ! dit Saint-Avit. Le vinaigre, voilà une denrée d'avenir qui rapportera toujours !

Il aurait dû laisser les tabacs à ce bonhomme qui les convoitait tant, ce Philippe Maurice. Il avait cru qu'il pourrait s'enrichir autant que le fermier général anglais qui avait obtenu le monopole des tabacs britanniques, le duc de Marlborough. Au lieu de ça, il campait comme une Gitane !

– Quand je pense que j'ai interrompu la construction de mon hôtel pour investir ma fortune dans ce fichu contrat ! Je me suis fait avoir !

Son invité en déduisit que ce pauvre riche végétait dans ces gravats boueux depuis bientôt six ans, puisque le terme approchait. Le revenu de ses tabacs n'avait pas même permis de poser tous les parquets. Léonard connaissait déjà le demi-monde, il découvrait le demi-luxe.

– Vous prisez ? demanda Saint-Avit en tirant de sa poche une jolie tabatière nacrée.

Le coiffeur fit signe que non. Les odeurs se prenaient dans les cheveux, c'était une horreur, il fallait aérer les perruques pendant trois jours et multiplier les onguents. Impossible de les savonner, elles sortaient de la bassine tout aplaties.

Saint-Avit ouvrit une armoire remplie de pots à tabac agrémentés d'inscriptions selon les origines et les modes de préparation. Il prit une pincée dans l'un d'eux et prisa avec un grand *snif* qui le laissa tout excité.

– Que faire pour que les gens prisent davantage ? Le préjugé qui assimile le fait de fumer à une manie vulgaire me coûte une fortune ! Pourtant, cela n'a jamais fait de mal à personne, la fumée ! J'ai dix certificats de la Faculté qui l'affirment !

Des plâtres tombèrent sur lui depuis le plafond, qui ne devait guère apprécier l'humidité consécutive à l'absence de toit. Campogne et Pissavain se précipitèrent pour l'aider à se débarrasser de la poussière blanche dont il était couvert.

– Dès que la Cottin aura perdu son contrat des postes, je relance les travaux ! lança-t-il à Léonard. Ce ne sont pas des têtards comme vous qui vont m'en empêcher !

Il ressemblait à un spectre osseux et blanchâtre. Ses cheveux étaient en mauvais état, surtout depuis la chute des plâtras. Léonard eut pitié d'eux. Il proposa de profiter de cette charmante invitation pour remettre un peu d'ordre dans une coiffure malmenée.

– Vous êtes perruquier ? s'étonna le fermier général. Mes concurrents envoient un perruquier se mêler de mes affaires ? Il est fou, Cornuchon ! Ou bien vous êtes barbier ? Vous maniez le rasoir ?

– Disons que ma nature artiste m'autorise à arranger les chevelures avec goût, dit Léonard, qui ne tenait pas à lui révéler quoi que ce soit sur son identité.

– Je vois. Un coiffeur, donc.

La conversation tournait décidément au désagréable. Léonard claqua sèchement des doigts et réclama du matériel.

– Couteaux, ciseaux, serviettes, drap, rubans, poudre, fer à friser !

Quand les deux gros bras lui eurent fourni tout ça, le fermier général s'assit sur une chaise, et Léonard l'enveloppa du drap pour accomplir son œuvre d'exception. Ce faisant, il enfouit discrètement des rubans dans ses poches. Ces messieurs ne surveillaient que les instruments tranchants, mais un coiffeur averti pouvait fabriquer une arme mortelle avec n'importe quoi. Peu de gens savaient qu'un peigne habilement utilisé pouvait en devenir une.

– Vous n'avez pas répondu, dit Saint-Avit tandis que son visiteur lui bouclait les cheveux au-dessus des oreilles. Qui vous stipendie ? Cornuchon ou la Cottin ?

En aucun cas Léonard ne pouvait révéler pour qui il travaillait. Il avait juré, et les serments prêtés à la reine prenaient une valeur sacrée. Le fermier général était agité de tics et son regard prenait par intermittence une fixité inquiétante. Léonard se risqua tout de même à répondre, dans l'espoir que cela le décourage :

– Je suis au service d'une personne très haut placée à la Cour.

– Le surintendant des finances ? dit Saint-Avit. Le trésorier de la Couronne ? Le Grand Chambellan ?

– Non, non, non.

– Mais dites donc... Ne me dites pas que vous travaillez pour...

Léonard rata une mèche, les ciseaux faillirent atterrir dans l'oreille de son client, qui remarqua le tremblement de ses mains.

– Je ne vois qu'une seule personne capable de me faire un coup pareil !

Léonard sentit avec horreur que le nom sacré allait être prononcé dans ce lieu sordide.

– Vous travaillez pour Maurepas ! Le Premier ministre cherche des preuves contre moi ! Pour me refuser les postes !

– Je vous assure que non, dit Léonard, d'une voix qui n'avait aucun accent de franchise.

– Vous êtes un sacré lapin[1] ! s'écria Saint-Avit. J'ai tout compris ! Maurepas s'est mis d'accord pour échanger les postes contre les vinaigres afin de toucher sur les deux !

Léonard le laissa parler, et quand il voulut le contredire il était trop tard. Saint-Avit se leva d'un bond, au risque de renverser ciseau, poire à poudre et bassine.

– Je n'ai pas terminé ! protesta le coiffeur. Je dois encore vous poudrer !

– Vous poudrerez la chambre que je vous réserve !

Vu l'état des salons, Léonard s'inquiéta de découvrir la pièce en question.

Si l'escalier montait vers rien du tout entre des murs qui soutenaient une absence de tuiles, il descendait bien vers quelque chose. Léonard supposa que c'était vers l'enfer. Ce Saint-Avit entretenait certainement des relations plus étroites avec le diable qu'avec le Bon Dieu.

La cave était la seule partie de la maison complètement terminée, la construction d'un bâtiment débutant par les fondations. Une enfilade de salles voûtées donnait une idée de la splendeur envisagée pour le reste. Telle Cendrillon, cette maison était vêtue de haillons mais chaussée de pantoufles de verre.

Quand il se vit enfermé, Léonard aurait aimé qu'une intervention féerique providentielle lui rende la

1. « Lapin » se disait aussi « con ».

liberté – par exemple l'arrivée de la modiste, cette fée enrobée de satin, même si elle tenait davantage de Carabosse que de Viviane. Comme cela n'avait pas l'air parti pour se produire, il entreprit de se rebeller avec ce qu'il avait sur lui, grâce à sa maîtrise de la coiffure. Il disposait de fausses mèches, de rubans et des souliers-couteaux-suisses fournis par la Maison de la reine.

Au bout d'une demi-heure d'effort, son installation lui parut au point, il ne manquait plus qu'un volontaire pour l'essayer. Il se posta contre la porte et appela.

– J'ai un petit besoin !

– Utilisez le petit seau, répondit la voix de Pissavain.

– Et pour les gros besoins ?

– Le gros seau.

– Je fais un malaise ! Portez-moi secours ! Je suis sûr que votre patron ne voudrait pas me voir mourir chez lui !

– Vous seriez surpris.

Par bonheur, il disposait d'une autre arme secrète, il n'était pas qu'un habile bricoleur en compléments capillaires. Il finit par avoir raison de la résistance de son gardien par l'effet magique de son babillage ennuyeux. L'autre se résolut à pénétrer dans sa geôle pour le faire taire avec politesse ou même avec ses poings. Le coiffeur l'entendit tirer le verrou, la porte s'ouvrit, et son gardien le rejoignit à l'intérieur. Il tenait son pistolet par le canon avec l'intention de s'en servir comme matraque pour souligner ses arguments.

Au lieu de se protéger, Léonard le mit aimablement en garde.

– Attention ! Vous allez abîmer ce magnifique chapeau !

Étonné, Pissavain ôta son chapeau pour voir ce qu'il avait, juste avant l'arrivée du seau – le plus gros des deux – qui chuta sur lui depuis la hauteur de la porte. Léonard l'avait rempli de gravats qui jonchaient le sol et l'avait suspendu par une tresse formée de mèches et de rubans. Animé d'un mouvement de balançoire provoqué par l'ouverture de la porte, le projectile frappa violemment l'occiput du geôlier, qui s'évanouit. Le coiffeur profita de sa soudaine tranquillité pour le ficeler avec son matériel de coiffure. La preuve était faite : ce sont les difficultés qui développent l'intelligence.

Il ramassa le chapeau, qui était en meilleur état que son propriétaire.

– Il aurait été dommage d'abîmer ce couvre-chef, n'est-ce pas ? dit-il en le posant sur sa tête.

Il ramassa aussi le pistolet. C'était une arme de pointe capable de tirer plusieurs coups en moins d'une minute, qu'on rechargeait très facilement à condition de disposer de poudre, de balles et d'une pierre à silex. Ce que la technique moderne avait produit de mieux ! Un objet létal d'une précision ahurissante, grâce auquel on pouvait frapper sa cible à vingt pas avec une marge d'erreur de moins d'une aune ! Et qui explosait assez rarement à la figure du tireur ! Un prodige né des manufactures françaises que le monde nous enviait !

Ce pistolet avait une particularité : outre sa belle crosse en ivoire, le canon était doré. Il avait déjà vu une arme similaire dans la main de la fermière générale, où elle paraissait plus à sa place que dans celle de Pissavain. Que faisait ici le pistolet de la veuve Cottin ?

La salle suivante s'éclairait d'une lucarne étroite ouverte sur la cour. Malchance pour le prisonnier, le porche de l'hôtel avait été édifié et le portail était fermé. Un gardien somnolait au fond d'une loge, sous la cloche que devaient agiter les visiteurs pour se signaler. Quelle idée de poser un portail pour protéger une maison qui n'existait pas !

La cloche tinta. Après avoir jeté un coup d'œil dans la rue, le gardien ouvrit en grand pour laisser passer une voiture d'allure modeste, sans fioritures, qui devait appartenir à une communauté religieuse, car les armes peintes sur les portières comportaient une croix. L'homme qui en descendit entra dans l'hôtel.

Léonard eut une idée, c'était la Providence qui lui envoyait ce véhicule. Il rabattit le chapeau sur ses yeux, gravit l'escalier, traversa le vestibule de ce manoir des Carpates et se glissa dehors en tâchant de ne pas faire craquer les planches mal équarries sur lesquelles il marchait.

Une fois dehors, il ouvrit doucement la portière de la voiture et monta. Il s'apprêtait à donner le signal du départ contre la paroi quand des éclats de voix retentirent du côté du perron. Après avoir échangé quelques paroles acerbes avec Saint-Avit, le visiteur regagna la cour et monta à son tour en carrosse.

Il ne remarqua la présence du passager clandestin tassé sur la banquette qu'après s'être lui-même assis. Un pistolet doré braqué sur lui l'incita à se tenir coi. Léonard posa un doigt sur ses lèvres, et la voiture franchit le porche pour s'engager sur la route.

Le coiffeur avait craint de devoir affronter une nouvelle fois le fermier général, mais celui qu'il tenait en respect ne ressemblait en rien à Saint-Avit. Il était âgé d'une cinquantaine d'années et portait le vêtement sobre des clercs laïques.

Léonard était nerveux, sa main tremblante lui faisait perdre en crédibilité. Cependant, sa cible ne pouvait éviter de penser que le coup allait partir tout seul.

– Vous ne risquez rien, mon enfant, dit l'homme. Je suis un simple diacre[1], je quête pour une institution charitable, j'œuvre en faveur des démunis et des maltraités.

1. Religieux du plus petit degré.

– Vous tombez bien ! dit Léonard sans baisser son arme. Il n'y a pas plus maltraité que moi, en ce moment ! Il y a un quart d'heure, j'étais enfermé dans une cave avec deux seaux pour compagnie !

– Je m'appelle frère Héliade, dit le diacre. J'ai pour habitude d'aider mes prochains à s'élever vers le ciel, non de les jeter dans des lieux obscurs. Vous m'avez l'air d'un homme bon mais effrayé. J'ai appris à discerner les fruits sains du Seigneur des pommes pourries.

– Et peut-on savoir ce qu'un homme de Dieu vient faire dans la maison du fruit pourri ? demanda Léonard, qui n'avait pas l'intention de passer pour une poire.

Héliade avait été attiré par la réputation de cette demeure mystérieuse. Les gens du quartier disaient que son propriétaire était à la fois richissime et malheureux. Il s'était dit qu'un tel homme serait sensible au dénuement de ses contemporains. Il s'était trompé de beaucoup.

– On ne vous a même pas offert une prise ou une chique ? plaisanta Léonard. J'ai été mieux traité que vous, dans ce cas !

– Je crois que je suis tombé sur un original, admit le diacre.

L'endroit sentait l'argent louche et les magouilles inavouables. Héliade s'était dit que ses habitants auraient besoin de racheter leurs péchés. L'intérieur était une caverne d'Ali Baba en cours d'effondrement.

Quand il avait proposé une petite prière tirée des bibles révisées qu'il distribuait, on l'avait jeté dehors.

– Des bibles révisées ? répéta le coiffeur.

– Je vends aussi des traités où se développe la pensée du grand Jansénius. En revanche, les places au paradis sont gratuites.

– Vous êtes janséniste ! s'écria Léonard.

Cette hérésie condamnée par l'Église était combattue par la Couronne depuis plus d'un siècle. Il remisa son pistolet. Avec un catholique, il se serait attendu à être dénoncé ; il se serait méfié d'un protestant, mais les jansénistes étaient trop fermement réprimés par le pouvoir pour présenter un danger aux yeux d'un proscrit. C'était ce diacre que la police aurait mis le plus volontiers au cachot pour lui apprendre à piétiner les plates-bandes de Notre Sainte Mère l'Église, dont les évêques et les cardinaux étaient les plus fidèles alliés de la royauté. La pression retombant, Léonard ferma les yeux et se laissa aller contre le dossier de la banquette. Il avait manifestement besoin d'une bible révisée.

– Vous allez bien ? demanda le diacre.

Ce n'était pas le cas, mais alors pas du tout. On lui avait froissé sa veste, sa culotte s'était posée sur la terre battue d'une cave, ses cheveux étaient à moitié décrêpés, et le ruban moiré qui retenait sa queue-de-cheval pendait lamentablement. Il avait besoin d'un miroir, d'un peigne et de sollicitude. Il se sentait meurtri de partout, notamment dans son amour-propre. Il n'était pas fait pour supporter des vicissitudes, il n'était pas un coiffeur tout-terrain.

Héliade s'efforça de le réconforter, les diacres jansénistes en avaient vu d'autres, ils étaient pourchassés, maltraités, honnis…

– Mon enfant, vous avez lutté et vous avez tenu bon, car le Seigneur vous a accordé le pouvoir de triompher du mal !

Le diacre était convaincu que si son passager clandestin avait survécu à ses tortionnaires, c'était parce que la grâce était en lui. Il avait été choisi pour combattre les mauvais instincts. Dieu l'aimait. Il ne devait craindre nul obstacle : ils crouleraient devant ses pas !

– La force est en toi, mon frère !

La lumière se fit dans l'esprit du coiffeur. Il releva sa tête déplumée et sourit tandis qu'une flamme nouvelle brillait dans ses yeux. Il savait, à présent, il en était sûr ! Ces événements avaient un sens !

– Je suis l'élu ! dit-il tandis que la voiture les éloignait de la sinistre cave.

13

Tout ce qui tire n'est pas d'or

Le diacre Héliade voulut bien faire un crochet dans sa tournée pour déposer Léonard au salon de coiffure, où ce dernier passa la nuit à réfléchir, assis dans l'un des fauteuils réservés à la clientèle. Ses frères l'y trouvèrent endormi au petit matin et s'horrifièrent de son état.

– Tu es allé coiffer l'hippopotame du Jardin du Roi[1] ? demanda François.

– Avec un râteau et une truelle ? renchérit Pierre à la vue des traces de plâtre.

Léonard aurait dû être accablé de se voir en si piteux état dans les miroirs du salon, mais il semblait au contraire plein d'énergie. Il leur parla de l'appel divin qu'il venait d'entendre. Comme Dante, il avait été jeté dans les gouffres du Tartare, mais en avait réchappé tel David en assommant Goliath.

1. Le futur Jardin des Plantes.

– Et tu es revenu ici en zigzag, Petit Poucet qui aurait vidé la cave de l'ogre, conclut François.

Léonard glissa sur ces railleries, ils ne pouvaient pas comprendre, ils étaient des coiffeurs ordinaires. Lui avait décidé de vouer sa vie à des missions plus élevées. Il allait user de ses talents pour le bien. Il allait convertir les ignorants à la religion du triple chignon !

– Ah ! oui..., dit Pierre. Coiffeur dans les missions chrétiennes, c'est une bonne idée. Je te vois bien faire des tresses aux Africaines. On va t'adorer à Zanzibar.

François lui servit un grand verre d'un breuvage susceptible de lui remettre les idées en place.

– J'ignore si tu as trop bu ou pas assez, alors, dans le doute, voilà.

Après le troisième verre, Léonard ne pensait plus aux Africaines. En revanche, il dressait un triste bilan de ces derniers jours. Personne à Paris n'avait pris la mesure de son génie ! Il était moins bien traité qu'un petit Fersen qui n'avait encore rien fait !

– Que veux-tu ! dit François. Il y a des hommes dont les femmes veulent et des hommes à qui elles en veulent !

– Suis-je du crottin de cheval ? se lamenta son frère aîné.

Qu'il est difficile d'exister quand on n'est que beau ! Les femmes d'aujourd'hui exigeaient du sublime ! Elles ne voyaient plus en l'homme qu'un objet d'utilisation courante !

Il fit signe à Pierre d'empoigner ses instruments et à François de remplir la poire à poudre, ils avaient du pain sur la planche s'il voulait revenir au niveau. François estima les dégâts. Sa coiffure était à revoir de fond en comble.

– Dis-moi que rien n'est perdu, implora Léonard.

– Je sauverai tes cheveux ou je ne suis plus digne de m'appeler Autier. Ce sera l'affaire d'un coup de peigne. Donne-moi une heure.

Les travaux capillaires étaient à peine terminés lorsque la modiste surgit dans le salon comme une tornade rose.

– Et alors ? dit-elle. Vous êtes là depuis hier soir, et toujours pas d'excuses pour m'avoir lâchée ?

– Comment avez-vous su que j'étais rentré ? demanda le coiffeur.

– J'ai senti dans l'air ce mélange de muguet et de détritus qui vous caractérise.

Elle était fâchée qu'il se soit permis de fuir la veillée pocharde. Il l'avait abandonnée parmi les éclopés de la Salpêtrière !

– Je suis navré, répondit Léonard. J'espère au moins qu'ils vous ont un peu violentée.

– Ah ! ça ! Ça a tangué ! Nous avons dansé la gavotte jusqu'à une heure avancée, après quoi j'ai rendu tout mon tilleul au pied d'un arbre, puis j'ai envoyé un pochetron me chercher un fiacre. Quelle folle nuit !

Ses yeux tombèrent sur l'habit froissé et sali, ce qui créa une pause dans les récriminations. Son acolyte était négligé, cela ne pouvait avoir qu'une seule explication : il avait frôlé la mort.

– Mais où êtes-vous donc allé traîner vos savates ?

– Pardonnez-moi, j'aurais dû prier mes ravisseurs de faire plus attention.

L'état dans lequel il s'était mis donnait un nouveau sens à l'adjectif « déliquescent ».

– Vous êtes vraiment prêt à tout pour vous justifier, vous ! Même à sacrifier des étoffes innocentes qui ne vous ont rien fait !

– On m'a enlevé ! répéta Léonard. Pour me faire parler ! À cause de vous et de votre fichue enquête !

– Tiens donc ! Et pourquoi ne m'a-t-on pas enlevée, moi ?

– Ma chère, aucun malfrat ne croit une femme capable de garder un secret. Il suffit de vous offrir une tasse de thé pour vous entendre déballer tous les mystères de l'univers et de son voisinage !

Elle s'empara d'un fer à friser à peine refroidi et lui en donna un coup là où ça faisait mal. Ça faisait mal partout.

Au reste, mieux valait qu'on s'en soit pris à lui plutôt qu'à elle. L'avantage de travailler avec cette chiffe de coiffeur, c'était qu'il attirait la foudre mieux qu'un paratonnerre de Benjamin Franklin. Avec cet hurluberlu, on pouvait se promener sous l'orage, sous la mitraille, sous les murs d'une maison en feu, ce serait toujours lui qui recevrait ce qui tombe.

Rose distribua les rôles : lui, le moumouteux, irait au Châtelet faire expertiser son pistolet d'or, tandis qu'elle-même rendrait visite à la propriétaire de cet article – la fermière générale – pour lui réclamer des explications.

– Vous m'envoyez dans le donjon de la mort ? protesta le coiffeur. Pourquoi n'est-ce pas moi qui vais prendre le thé avec la richarde ?

– Je compte emmener Fersen, dit Rose.

Il laissa tomber. Il n'était pas encore assez bien remis de son éprouvante soirée pour subir l'ignoble beauté et l'insoutenable charme d'importation suédoise. On a beau être l'élu, il ne faut pas présumer de ses forces. Il aimait mieux affronter les policiers rébarbatifs, leur laideur vulgaire lui mettrait du baume au cœur.

Ils se séparèrent après s'être donné rendez-vous au bureau-café de Montignou pour échanger le résultat de leurs recherches autour d'une tasse de tilleul à quarante degrés.

Le Châtelet était un furoncle noirâtre en bord de Seine peuplé de lutins hargneux. Léonard prit une grande inspiration et pénétra à l'intérieur de la caverne aux ours mal léchés en déclarant au cerbère de la guérite qu'il venait voir l'armurier. On lui indiqua un local au rez-de-chaussée.

L'armurerie de la police parisienne combinait une réserve de munitions avec un atelier de réparation. C'était un enchevêtrement de bureaux et d'établis où se mélangeaient les plumes d'oie et les outils, les buvards et la graisse. Des présentoirs muraux regorgeaient d'armes utilisées pour maintenir l'ordre à coups de fusil. Le pouvoir royal n'hésitait pas à faire tirer sur les émeutiers, on n'était pas en république.

Léonard regarda un lot de tromblons capables de propulser des projectiles de tous calibres.

– C'est un peu violent, non ?

– Du moment qu'on tire pour faire respecter les institutions, tout est permis, dit l'armurier, un chauve à lunettes dont le crâne était surmonté d'un toupet trop petit. L'important est d'être dans son bon droit. Et le droit, c'est l'autorité qui l'établit. Alors il n'y a pas de fusil assez gros ou de portée assez longue pour faire comprendre aux petites gens que leur intérêt n'est pas de se rebeller.

L'armurier faisait aussi des expertises sur les armes que lui apportaient ses confrères, pas tant pour attraper les malfrats – ceux-ci finissaient toujours par tomber tout seuls entre les mains de la justice – mais plutôt pour évaluer la valeur du matériel de contrebande saisi par les douaniers.

Léonard avait un pistolet suspect à lui montrer. Il espérait avoir identifié l'instrument avec lequel deux meurtres avaient été commis. Sa trouvaille était dans un sac. L'armurier n'en crut pas ses yeux.

– On vous a laissé entrer avec ça ?

– Vous savez, dans les bureaux de la police, la difficulté n'est pas d'entrer mais de sortir.

– Oh ! Un Lenormand ! dit l'armurier à la vue du pistolet d'or. Bonjour, mon beau ! Quelle jolie rencontre ! On n'en voit pas tous les jours !

Il connaissait bien cette œuvre d'art. Lenormand avait inventé un système à cinq canons rotatifs qui permettait de tirer cinq cartouches en moins d'une minute. C'était le premier pistolet à cinq coups. Son inventeur l'avait pourvu d'un tambour qui faisait révolution sur lui-même[1].

– Ce génie doit être millionnaire ! dit Léonard.

– Il a fait faillite. Son invention a été jugée malcommode par les Français. J'ai ouï dire qu'il s'est installé en Angleterre et l'a rebaptisée « revolver ».

Avec sa crosse en ivoire et ses canons dorés, cet exemplaire était un luxueux modèle de commande.

– Où l'avez-vous trouvé ?

– Chez un fermier général nommé Saint-Avit.

L'armurier de la police le connaissait de nom.

1. Authentique.

– Avez-vous aussi rencontré ses hommes de main, Campogne et Pissavain ?

Non seulement Léonard les avait rencontrés, mais il avait été enlevé, rudoyé et molesté.

– Ce sont bien eux, dit l'armurier. Vous n'avez aucun os de cassé, ils vous ont traité avec égards.

– J'en ai assommé un avant qu'ils ne changent d'humeur.

– Ah ! Dans ce cas, votre prochaine rencontre pourrait être moins cordiale.

Saint-Avit était un sujet de Sa Majesté particulièrement remuant. Six ans plus tôt, il avait convoité la ferme des postes en même temps que MM. Cornuchon et Cottin de Melville. Depuis lors, le vainqueur de ce concours fatal avait disparu dans des circonstances que le Châtelet aurait aimé déterminer.

Léonard était déconfit. Il s'était fait un ennemi d'une riche crapule soupçonnée d'avoir éliminé l'un des premiers financiers du royaume. Et lui qui n'avait pas même fini de payer les traites de son salon de coiffure ! Pour ce qu'il en avait vu, Saint-Avit était du genre à régler ses différends avec du plomb.

– Est-il dangereux à ce point ?

– Officiellement, c'est un agneau, dit l'armurier. L'État n'aime pas le scandale. Le scandale, c'est l'ignominie du système révélée au grand jour. L'immoralité des fermiers généraux doit avoir des bornes strictes. Le peuple les déteste déjà parce qu'ils collectent les impôts ; si, en plus, ils alimentent la chronique, on aura tôt fait d'accuser le roi d'employer des bandits pour affamer ses sujets. C'est tout à fait ce qu'il faut éviter. Imaginez l'ambiance si Sa Majesté n'était plus considérée comme le protecteur des faibles mais comme l'allié des puissants, des banquiers avides et sans scrupules ? Si le contrat social était rompu, comme dit Jean-Jacques Rousseau, on reprocherait au roi de préparer la dictature ! Qui sait jusqu'où la situation pourrait dégénérer ? On ne se découvrirait plus au passage de son carrosse ! On lui lancerait des quolibets ! On lui dirait des désagréabletés ! Ma tête à couper que Louis XVI ne laissera pas la situation pourrir.

Même si les fermiers généraux étaient souvent d'élégants mécènes, l'achat d'œuvres d'art, le financement de concerts, la fondation de jardins, tout cela reposait sur la contribution forcée des administrés.

– Saint-Avit doit être aux abois pour commettre des violences. Son contrat sur la ferme des tabacs n'a pas dû rapporter autant qu'il l'avait prévu, il l'aura payé trop cher.

« Certes, pensa Léonard, camper dans un chantier quand on s'est vu millionnaire doit être douloureux. » Ce rêve de palais qu'il habitait n'avait même pas eu le temps de devenir une vraie ruine. Certains bâtissaient des châteaux ; lui, il avait édifié des vestiges.

– Il a des raisons d'être atteint, poursuivit l'armurier. On raconte que ses parents le destinaient à une carrière militaire, mais qu'il a dû y renoncer après une grave blessure à la tête. Il aurait un peu perdu l'esprit.

– Non, non, pensez-vous ! dit Léonard. Je suis sûr que des tas de gens très sains passent leurs soirées à jouer tout seuls au billard dans une moitié d'hôtel, déguisés en canari, et qu'ils remplissent leurs caves de prisonniers, faute de grands crus.

Le souvenir de la cave amena celui des hommes de main.

– Croyez-vous Campogne et Pissavain capables d'assassiner de sang-froid Philbert Petit-Colas et son amie Louison ? Voire Cottin de Melville, il y a trois ans ?

– Quelque chose me fait penser que non, dit l'armurier.

– Quoi donc ?

– Eh bien ! Ils vous ont raté ! On ne soupçonne pas un barbouilleur d'avoir peint *La Joconde* !

Tandis que Léonard se faisait aplatir l'ego par la police du Châtelet, Rose affrontait pour la deuxième fois un adversaire peut-être plus coriace que les fous en jaune taxeurs de tabac. Elle avait rendez-vous avec la fermière générale qui tenait les postes françaises au creux de sa main.

Le rendez-vous était à la promenade des Champs-Élysées, un long jardin fermé par une grille, fait de contre-allées où passaient des voitures découvertes dont les passagères se protégeaient du soleil sous des ombrelles. La fermière était attablée près d'un kiosque où l'on vendait des limonades. Rose laissa son Fersen à l'écart, il fallait ménager ses effets : son pistolet à elle ne tirait pas cinq coups, mais un seul, en suédois.

La modiste s'assit devant la veuve et, à défaut de la cribler de balles d'or, la bombarda de questions. Connaissait-elle M. de Saint-Avit ?

– Bien sûr. Tous les fermiers se connaissent.

– Quelle est votre opinion à son sujet ?

– Excellente. Il est complètement fou et probablement néfaste. Charmant garçon. Est-ce lui qui convoite mon contrat ?

– Disons que, s'il vous invite à le retrouver dans un lieu sombre au milieu de la nuit, refusez.

– Et à part des mises en garde superfétatoires, vous avez quelque chose à m'apprendre ?

Leur enquête avait bien avancé. Ils en étaient à deux meurtres et un enlèvement. Léonard avait été retenu prisonnier par le snifeur de tabac, tandis qu'une certaine Louison et M. Petit-Colas avaient été assassinés.

La mention des assassinats ne suscita pas même un haussement de sourcil chez la fermière.

– Quel dommage ! On a tant de mal à recruter du personnel compétent ! dit-elle en guise d'épitaphe à son ancien employé.

– Ils ont été tués à l'aide d'une arme peu courante, dit Rose en guettant l'absence de réaction de son interlocutrice.

– Vraiment ? Un cure-dents ? Une cuiller à ressort ?

– Un pistolet d'or, répondit la modiste. Le seul que je connaisse, c'est celui que vous nous avez montré.

Il lui sembla qu'un début d'émotion passait sur le visage de la banquière.

– L'avez-vous toujours ? demanda-t-elle.

– Oh ! oui, dit la veuve, j'en suis presque sûre.

– En existe-t-il plusieurs exemplaires ?

– J'espère bien que non ! C'était un cadeau de mon mari ! J'aurais refusé tout objet qui n'aurait pas été expressément créé pour moi ! Je ne peux m'exposer à porter une robe, un chapeau ou un pistolet qu'une autre femme risquerait d'arborer en public ! Et puis qui voudrait s'offrir un article si bizarre et si coûteux ? Mon mari n'aurait pas osé m'offrir quelque chose en dessous de l'exceptionnel, la médiocrité me donne de l'urticaire.

Dans ce cas, Rose l'engagea à vérifier au plus tôt que son pistolet d'or était toujours dans le tiroir de sa coiffeuse.

– Où serait-il donc ? dit la fermière générale, qui n'avait pas l'habitude de voir son bien lui échapper.

– En ce moment, au Grand Châtelet.

– Vous l'avez remis à la police ? Quelle idée ! Que voulez-vous qu'ils fassent d'armes élégantes ?

Rose lui expliqua les trois cas où ils avaient rencontré ce pistolet : le décès de Philbert Petit-Colas, celui de Louison, et l'enlèvement subreptice du coiffeur.

– Et il en est réchappé subrepticement ? dit la fermière. Ce ne devait pas être si terrible.

– Ce n'était pas *Le Pèlerinage à l'île de Cythère*[1], madame.

– C'est bien triste. Et à part ça, des nouvelles de mon mari ? A-t-on revu son fantôme ?

– Non, il est toujours mort.

Cette noyade en mer du Nord ne leur facilitait pas les recherches.

– Si seulement on pouvait ouvrir sa tombe ! Ce serait plus simple !

– Je ne paie pas pour des choses simples, dit la banquière.

– Je l'aurais deviné à votre robe, rétorqua Rose.

À force d'être servie et obéie, cette femme avait totalement oublié que Rose était au service de la reine, non au sien. C'était à Sa Majesté que leurs efforts devaient profiter, non à une veuve un peu trop joyeuse pour ne pas exciter la suspicion, et dont le pistolet d'or semait la tragédie dans Paris.

1. Tableau de Watteau représentant un pique-nique champêtre.

Tandis que la modiste remâchait ces sombres pensées, la fermière eut l'œil attiré par un monsieur qui faisait les cent pas dans l'allée.

– J'ai l'impression que vous avez été suivie, ma chère. Il y a là un jeune homme qui ne cesse de regarder vers vous.

Pour toute réponse, la modiste fit signe à son compagnon de les rejoindre.

– Connaissez-vous M. de Fersen ? Il nous arrive tout droit de Suède.

– Quel beau pays ! dit Mme Cottin de Melville en tendant sa main au nouveau venu, qui l'effleura de ses lèvres roses.

C'était la première fois que la modiste voyait la fermière esquisser un sourire. Elle lui devint encore moins sympathique qu'auparavant. Il y avait des femmes à qui le sourire n'allait pas, surtout quand il s'adressait aux Suédois des autres.

– Que fait-il dans la vie, ce berger du Nord ? demanda la banquière.

– Il cultive son adoration pour la reine.

– Je veux délivrer les Américains ! déclara Fersen.

Mme Cottin de Melville jugea ce projet fort louable et digne d'encouragement.

– Venez donc me voir chez moi, nous parlerons de vos ambitions.

Elle s'offrait à financer l'équipement, et même celui de tout un bataillon, et aussi la traversée en bateau, voire le navire entier pour y loger le bataillon équipé par elle. Fersen prit ses mains dans les siennes pour les embrasser comme il savait si bien le faire.

– *Du är en älva !* Vous êtes une fée !

– Mais non, je ne suis qu'une humble fermière ; vous êtes joli comme un pâtre, nous sommes faits pour nous entendre.

Rose décida de le décrocher de la fermière, la reine n'allait pas être contente. Elle se leva pour prendre congé.

– Nous devons partir, maintenant, nous avons une enquête à terminer.

La banquière ne bougeait plus, elle était statufiée.

– Pardon ? Vous avez parlé ?

Ce Suédois avait au moins le don d'améliorer l'humeur des personnes les plus mal embouchées. Après qu'il se fut incliné pour la saluer avec la grâce d'un danseur de l'Opéra, la veuve parut recouvrer ses esprits.

– Au fait ! Cette Louison qui aurait été tuée avec mon pistolet, je la connaissais un peu. Elle avait été la maîtresse de mon mari.

– Vous la connaissiez un peu ? répéta Rose.

– Oui, bon, j'ai un dossier sur elle. Cottin était coureur, je surveillais mes intérêts.

« En plaçant votre mari sous surveillance », compléta Rose en elle-même.

– Vous devriez aller interroger le personnel d'un établissement qu'elle fréquentait, reprit la banquière, qui griffonna quelques mots sur un bout de papier à l'aide d'une mine de plomb.

Rose la remercia et attendit d'être sortie pour regarder de quoi il s'agissait. C'était l'adresse d'une maison de rendez-vous.

Évidemment. Où aurait été le côté sympathique et raffiné de ces recherches ?

14

Il faut soufrer pour être beau

Tous les matins, au point du jour, Louis XVI entendait le vieux M. de Maurepas se lever, chausser ses pantoufles et rejoindre sa chaise percée. Car il était de tradition que le Premier ministre occupe l'appartement situé juste au-dessus de celui du monarque.

– Que voulez-vous ! disait ce dernier. C'est Versailles ! On est petitement logé !

Son ancêtre Louis XIV avait bâti le plus vaste palais royal d'Europe, mais l'étiquette exigeait qu'il cohabite avec son ministre pour être à même de lui transmettre des directives en cas d'urgence. Or ni le Roi Soleil ni l'étiquette n'avaient prévu que ce ministre serait un vieux monsieur qui dormait peu, se levait plusieurs fois la nuit pour utiliser son pot de chambre, et quittait son lit avant l'aube, à une heure où les jeunes rois essaient de ronfler en paix sous leurs couvertures.

De son côté, Marie-Antoinette avait promis à Mesmer l'aide de l'État pour ouvrir un établissement de traitement thérapeutique à base de magnétisation. En échange, Mesmer ferait profiter le couple royal de ses découvertes. Mais le guérisseur s'impatientait, il réclamait une avance. Il importait de lui faire rencontrer le roi pour qu'il puisse le magnétiser et magnétiser à travers lui le Trésor de la Couronne. La reine envoya donc Mme de Lamballe expliquer à Louis XVI les merveilleux effets du baquet de limaille : comment elle avait été guérie de ses vapeurs en tripotant une tige de fer.

– Cela me paraît très intéressant pour soigner les insensés, dit le roi.

– J'ai ressenti une chaleur dans tout mon être et ensuite un grand mieux partout ! affirma la princesse.

– C'est bien ce que je dis.

On avait déjà rapporté au monarque l'arrogance de charlatan dont ce médecin faisait preuve.

– On m'affirme que sa méthode de guérison n'est qu'imagination et suggestion.

– Que serions-nous sans l'imagination, Sire ? Nos ministres en manquent tellement ! M. Mesmer a une clientèle brillante ! Même ce pauvre M. de Pert s'est traîné jusque chez lui pour se faire soigner !

– Ne l'a-t-on pas enterré voici trois jours ?

Mme de Lamballe ne répondit rien.

– Moi aussi, je guéris les gens ! s'écria le roi. Des écrouelles ! Par l'imposition des mains ! Je n'en fais pas tout un plat !

– Uniquement quand vous sortez de la messe, Sire, et après avoir été oint par les saintes huiles. On ne vous fait pas venir sur rendez-vous. Et puis il faut avoir les écrouelles. On n'a jamais bien su ce que c'était.

– C'est une maladie de peau dégoûtante. Croyez-moi, je l'ai vue de près.

La princesse fit la grimace. Elle se décida à murmurer le grand secret.

– C'est pour avoir de jolis bébés que la reine a besoin d'aide, pas pour soigner un eczéma.

– Dites-lui que je suis prêt à lui donner toute l'aide à ma portée ! promit le roi.

Le problème était bien là, sa portée n'était pas très efficace.

Le roi ayant déclaré qu'il ne recevrait pas « le Dr Charlatanus », on se rabattit sur le Premier ministre. Voilà un homme qui ne pouvait rien refuser, il était payé pour être aimable avec Leurs Majestés. La reine fit prévenir le comte de Maurepas qu'il allait recevoir M. Mesmer, « grand savant allemand ».

« Allons bon ! se dit Maurepas, comme chaque fois qu'on se délestait sur lui des corvées embarrassantes. Je suis le placard à balais de la royauté ! »

Il était vieux, tout cassé, cela faisait soixante ans qu'il servait son pays dans les ministères, et ses crises de goutte le faisaient souffrir. Mesmer eut l'impression de rencontrer un petit paquet d'os en grand habit, tout tordu sur sa chaise de repos.

– J'ai découvert le sixième sens ! déclara le génial inventeur à l'accent germanique. J'ai compris le principe fondamental de toute guérison. La nature offre un moyen universel de guérir, c'est le magnétisme animal. Il existe un fluide vital qui baigne tous les systèmes nerveux, et moi, Franz Mesmer, je suis capable de le capter et de l'isoler. Newton a découvert la gravitation, Volta l'électricité, Lavoisier l'oxygène. Moi, je maîtrise les sources de la vie !

– Ah ! oui, ça gravite fort, constata le ministre.

– Je relie le mouvement des planètes aux bouts des doigts de mes patients par la médiation de mon regard, de mes mains que je leur impose, de l'eau magnétisée, du fer conducteur. Ce principe guérit directement les maladies des nerfs et indirectement toutes les autres.

– Bien, bien, bien, dit Maurepas. Et à part ça, que puis-je pour vous ?

– Je demande très peu ! Une pension confortable, une dotation d'un demi-million, un château près de Paris pour mes malades, pauvres et riches mélangés, une approbation officielle de la Couronne et une accréditation qui me conférera un statut aux yeux de l'Europe entière !

– J'admire la modestie de vos prétentions, dit Maurepas.

Le Premier ministre eut une idée. Puisqu'il avait un médecin sous la main, autant l'essayer.

– Sauriez-vous soigner la goutte ?

Mesmer affirma que oui et commença par l'interroger sur son enfance : s'entendait-il bien avec ses frères et sœurs, quel âge avait-il lors de ses premiers rapports, faisait-il des rêves bizarres, avait-il longtemps pissé au lit ?

– Je sens que vous avez eu des problèmes avec vos parents, dit Mesmer lui passant ses mains sur la figure. Parlez-moi de madame votre mère. Vous arrivait-il de dormir avec elle ? Jusqu'à quel âge ?

Pressé de mettre un terme au traitement, Maurepas déclara que, pour plaire à la reine, le roi voulait bien accorder une petite pension et payer un petit loyer pour son établissement, mais qu'il ne donnerait pas un sou de plus tant que le magnétisme n'aurait pas été reconnu par la Faculté.

Autant demander au loup de décréter le végétalisme universel. Mesmer s'enflamma.

– Qu'importe l'opinion de la Faculté ! Ces messieurs n'ont que faire du sort de l'humanité ! C'est au gouvernement français de reconnaître l'utilité de mon génie !

Maurepas se répéta qu'il fallait rester impassible devant les excités. Un homme qui refuse de l'argent par sens de l'honneur ! Un insensé ! Un maniaque ! En soixante ans de ministère, il n'avait jamais vu ça !

Quand Mesmer sortit, il rencontra la duchesse de Fitz-James qui l'attendait dans l'antichambre et lui rendit compte de ses désillusions.

– Les Français sont réfractaires au progrès ! Je ne peux rien contre les esprits rebelles ! Vous devrez vous débrouiller sans moi !

Il menaçait de quitter Paris pour rejoindre les forêts, la nature, là où l'eau coule à torrent.

– Vous comptez magnétiser les cerfs et les sangliers ?

– Je vais à Spa[1] !

Il allait offrir ses services aux riches oisifs venus prendre des bains et perdre des fortunes aux jeux de hasard. La reine n'avait plus beaucoup de temps pour convaincre la fermière générale de financer le magnétiseur à bébés.

Ce soir-là, le grand coucher du roi se passa sans incident. Louis XVI fit sa toilette vespérale devant ses deux frères cadets : Artois, qui avait déjà deux fils, et Provence[2], qui n'en avait pas, mais qui rêvait de monter sur le trône à la place de leur aîné. Les

1. Ville thermale de luxe dans les Ardennes belges.
2. Futur Louis XVIII.

héritiers impatients ne sont guère ce qu'on a envie d'avoir sous les yeux au moment de s'endormir.

Quand chacun se fut retiré, le roi reposait derrière les rideaux de son baldaquin, sous ses draps brodés, adossé à ses oreillers, en chemise, son bonnet de nuit à fleurs de lys sur la tête. Il renifla.

– Mais qu'est-ce donc que cette odeur atroce ?

Il descendit de ses cinq matelas et prit la chandelle posée sur la table de chevet. Son pied cogna contre quelque chose de dur sous le sommier. S'étant accroupi, il discerna une sorte de bassine en métal dotée d'un couvercle scellé dont émergeait une tige coudée.

– Qu'est-ce donc ? Ça sent le diable !

Le valet qui couchait au pied du lit royal se leva.

– C'est l'odeur de la médecine moderne, Sire.

– Ça sent plutôt la sardine pas fraîche.

– M. Mesmer a assuré la reine que son baquet vous aiderait à produire un dauphin.

– Ôtez-moi ça d'ici !

Tout en tirant sur la lourde installation remplie de soufre qu'on l'avait payé pour glisser sous le lit, le valet tenta de sauver son pourboire.

– Que Votre Majesté songe combien ses sujets seraient heureux s'il naissait un petit prince. Et aussi la Cour, la famille royale, et surtout le comte de Provence, votre frère affectionné, qui est si impatient de reculer dans l'ordre de succession…

Louis XVI réfléchit.

– Apportez-moi une pince à linge.

Il la posa sur son nez, laissa le baquet où il était et se recoucha. Il faut savoir se sacrifier pour le bonheur du royaume et pour l'affliction de ses collatéraux.

15

La petite prison en pain d'épices

Avant de visiter la maison de rendez-vous indiquée par la fermière générale, Rose donna congé à son Fersen : pas question de le conduire dans un lieu rempli de femmes, elle ne voulait pas provoquer une émeute.

Elle ne trouva pas l'enseigne dont le nom était marqué sur le billet. L'adresse disait « face le marchand de vin ». Elle voyait bien le bougnat, mais, quand elle se retournait, elle avait devant elle une simple mercerie qui paraissait fermée. Elle arrêta un de ces gamins dépenaillés comme il en traînait dans la plupart des quartiers de Paris.

– Connaissez-vous une boutique appelée Les Sirènes d'Alexandrie ?

– Le bordel ? dit l'enfant. Vous y êtes, ma bonne dame. Mais ça s'appelle La Rose pourpre du Caire depuis la dernière descente ! Dites que vous venez de la part de Gavin, on vous fera un prix ! ajouta-t-il en tendant sa main.

Rose déposa un sou dans la paluche malpropre en se disant qu'il n'y avait plus de jeunesse. À y regarder de plus près, la devanture évoquait moins une mercerie qu'un lieu anonyme et mystérieux. À part le profil féminin en bonnet qui était peint à côté de la porte, l'endroit aurait pu être consacré à n'importe quel commerce, alors pourquoi pas à celui de la chair. C'était une maison ambiguë, bien typique de cette époque prise en étau entre une liberté extravagante et une répression exagérée.

En perruque charbonneuse et chemise droite plissée moulante, la personne qui lui ouvrit La Rose pourpre du Caire avait tout de la pharaonne de papyrus, hormis la pudeur. Son décolleté aurait donné le vertige à un égyptologue. Elle conduisit la visiteuse dans un salon où était installée une personne trop âgée pour n'être pas la « mère » des demoiselles qui faisaient la danse du ventre dans ces alcôves. L'hôtesse jaugea d'un rapide coup d'œil la visiteuse afin de la classer dans l'une des catégories où se rangeaient les personnes qui fréquentaient ici.

– Nous faisons demi-tarif pour les dames, mais il y a moins de choix : toutes nos filles ne donnent pas dans ce genre-là.

– Ce n'est pas pour consommer.

La maquerelle réitéra son examen. La postulante était certes mieux vêtue que la plupart, et ces messieurs montraient de l'intérêt pour la nouveauté. Avec quelques couches de tissus en moins, on arriverait peut-être à les affrioler un peu. Son air revêche suggérait des services particuliers, on pourrait la munir d'un martinet, les vieux petits garçons pas sages adoreraient.

– Ah ! fit la professionnelle. Une partie de notre clientèle apprécie les frous-frous, mais fais donc voir ce qu'il y a dessous.

Rose se dit que ces enquêtes secrètes devenaient de plus en plus hasardeuses, elle se demanda si elle n'aurait pas préféré être enfermée dans une cave comme l'autre imbécile. Quand elle eut déclaré qu'elle venait se renseigner sur une ancienne habituée nommée Louison, la maquerelle agita une sonnette et pria la soubrette pharaonique de reconduire madame.

– Ce n'est pas un pensionnat de jeunes filles, ici.

Rose insista. Elle ne venait pas causer du tort à quiconque, elle enquêtait sur une affaire qui avait tourné à l'embarras pour un certain nombre de femmes – elle s'abstint de mentionner que l'une de ces femmes était la reine.

La maquerelle poussa un soupir.

– Qu'est-ce qu'elle a encore fait, la Louison ?

– Elle est morte.

Son hôtesse changea de faciès, elle ouvrit grand les yeux et se laissa tomber contre le dossier du sofa. Elle congédia la soubrette d'un geste et invita la visiteuse à prendre un siège.

– Pauvre Louison ! La vie n'a jamais été facile pour elle ! Elle est venue ici lorsqu'elle n'avait plus aucun moyen de subsistance.

– Avait-elle du succès ?

– Oh ! Il y a toujours des amateurs pour les créatures improbables.

Rose se demanda pourquoi elle disait cela.

– Venait-elle souvent ?

– Lorsqu'elle a sombré dans la liqueur, j'ai dû m'en séparer, elle injuriait les clients et tous n'aiment pas ça. Il n'est pas rare que les filles boivent, c'est un métier où l'on s'ennuie. Mais Louison ne tenait pas le vin. Ça arrive souvent aux gens comme elle. On ne doit guère en consommer, là d'où elle vient.

– Mais enfin, qu'entendez-vous par « les gens comme elle » ?

La maquerelle la regarda avec étonnement.

– Comment, vous ne savez pas ? Sa couleur, bien sûr !

– Sa pâleur ?

– Mais non, voyons. Louison était noire.

– Vous plaisantez ? Elle était plus blanche que moi !

– Parce que c'était une albinos. Ses parents étaient noirs, toute sa famille l'était, ils étaient aussi foncés qu'elle était claire. Dieu a parfois de cruelles facéties. Elle était étrangère aux deux catégories de gens qui peuplent son île !

Rose comprit mieux la raison de cette peau blafarde et de ces cheveux crépus !

– Elle revenait de temps en temps discuter, reprit la maquerelle. La dernière fois, elle était très inquiète. Elle parlait d'une opération maléfique qu'elle devait dénoncer. Elle avait espéré trouver parmi nos clients des hommes de loi intéressés. Elle prétendait avoir surpris un grand crime.

Leur enquête venait de faire un grand bond, Rose espéra qu'elle allait enfin apprendre le fin mot de l'affaire.

– Sauriez-vous par hasard de quoi il s'agissait ? Je vous avoue que ça m'arrangerait bien.

– Non, je regrette. Mais j'ai l'adresse du lieu que Louison avait dans son collimateur, si ça peut vous faire plaisir.

Cela ne lui faisait pas plaisir, cela la transportait de joie. Elle aurait embrassé la maquerelle si elle avait pu oublier combien de lèvres avaient dû se poser avant elle sur ces joues lourdement fardées.

L'endroit n'était pas fort éloigné, elle décida d'y aller tout de suite. Elle allait manquer son rendez-vous au bureau-café de Montignou, où elle avait prévu d'échanger le résultat de ses recherches avec le coiffeur satanique échappé du néant. Elle entra dans une taverne, demanda de quoi écrire et griffonna un mot d'explication. Même un être aussi stupide qu'un barbier perché sur ses ergots comprendrait qu'il devait la retrouver afin de mettre un terme à cette hécatombe, satisfaire la reine et poursuivre leur chemin vers la gloire et la fortune. Dans le doute, elle ajouta : « Rejoignez-moi là-bas dès que possible. » Puis elle confia sa correspondance à un gamin des rues – peut-être le même que tout à l'heure, peut-être un autre, elle évitait de les regarder de près à cause des haillons dont ils étaient couverts, ces cadavres de tissus lui faisaient mal au cœur.

Elle partit d'un bon pas vers sa destination : une ancienne teinturerie sur la Bièvre, cette rivière qui venait se jeter dans la Seine en plein Paris, sur la rive gauche, pas très loin de la halle aux vins. Louis XVI avait ordonné la fermeture des teintureries à cause des nuisances qu'elles imposaient au voisinage sur toute la longueur de la rivière, devenue un égout à ciel ouvert.

Rose avait devant elle une grosse bâtisse noirâtre autour de laquelle planait encore vaguement le fantôme des puanteurs qu'elle avait si longtemps dégagées. Les toits des ateliers et des réserves dépassaient du mur d'enceinte. À défaut d'avoir très bonne allure, le bâtiment était très fermé. La visiteuse se heurtait à une porte à peine moins rébarbative que celle des enfers.

Elle souleva le heurtoir et le laissa retomber lourdement contre l'énorme portail. Une petite lucarne s'ouvrit dans le bois.

– C'est pour quoi ? dit une voix féminine.

Rose décida d'inventer n'importe quel mensonge pour se faire ouvrir. Elle raconta qu'elle avait besoin de décrotter ses souliers, ses bas, ses jupes, qu'elle cherchait un refuge momentané car elle avait aperçu un rôdeur, elle qui n'était qu'une faible femme égarée, et d'ailleurs elle désirait en profiter pour utiliser les commodités car elle avait un petit besoin. Ces prétextes n'avaient rien de flatteur, mais, après tout, la visite resterait anonyme, nul ne saurait jamais qui elle était.

Sa déclaration déboucha sur un silence. Elle crut sentir de la perplexité.

– Ne seriez-vous pas mademoiselle Bertin ? dit enfin la voix.

L'incognito venait de sombrer dans la gadoue.

– Si fait, répondit la modiste, déconcertée d'être reconnue en des lieux dépourvus de marbre et de lambris.

Sa réponse souleva une vague de jubilation de l'autre côté du battant.

– Rose Bertin ! Chez moi ! Je crois rêver !

On lui ouvrit en grand, ce n'était plus la porte de l'enfer mais celle du paradis avec ange et trompettes. L'ange était entièrement vêtu de tulle blanc et semblait prêt à entonner le *Gloria*. En fait de gardienne d'usine désaffectée, Rose avait devant elle une jeune femme très délicate, dont la toilette aurait été plus à sa place à un bal de la Cour.

Elle la conduisit au petit coin, une cabane dans la cour dotée d'aménagements utiles – principalement un trou dans le sol. Elle continua de parler tandis que Rose faisait semblant de satisfaire un besoin naturel pressant.

– Je suis votre plus grande admiratrice !

– Vous m'en direz tant, dit la modiste, qui n'aurait pas pu pisser dans ces conditions, même après avoir sifflé une théière chez Montignou.

– Je me nomme Elisène. Je couds aussi un peu.

– Quelle merveilleuse coïncidence, dit Rose en levant les yeux au ciel.

À peine eut-elle mis le pied hors du réduit qu'Elisène l'entraîna à l'intérieur du bâtiment.

– Venez avec moi, il faut absolument que je vous montre !

Rose suivit en se disant que cette enquête avait fait un grand pas dans le n'importe quoi. Elle cherchait l'assassin de deux personnes et les tourmenteurs d'une banquière, et elle se retrouvait à visiter des entrepôts vides où jamais elle n'aurait mis les pieds si ce n'avait été pour le service de la reine.

Elisène la conduisit à l'étage où elle s'était aménagé un logement qui tenait du palais des *Mille et*

Une Nuits pour opiomane. C'était un amoncellement d'objets luxueux, des bergères aux pieds arqués, des commodes en bois de rose, des paravents chinois, tout cela disposé dans une sorte d'atelier désaffecté. Une abondance de patrons, de modèles, de mannequins et d'étoffes éparses faisait de cet endroit le paradis de la fanfreluche. Une armoire contenait des robes des plus grands couturiers parisiens. Elisène expliqua qu'elle avait accepté cet emploi de gardiennage parce qu'elle disposait ici de la place nécessaire à l'exercice de sa passion. Elle était surexcitée de rencontrer son idole. Celle-ci eut le pressentiment de ce qui allait suivre et qui ne manqua pas d'arriver. Avec des gestes pleins d'emphase et d'adulation, Elisène retira d'une housse le clou de sa collection : une robe de chez Bertin. À double panier. La dame qui s'en serait vêtue n'aurait pu franchir de face aucune porte de cette maison.

– On dit que la reine portait la même le jour du couronnement, dit Elisène.

– Je ne peux rien révéler, répondit la créatrice du chef-d'œuvre. Lisez sur mes lèvres.

Elisène battit des mains.

– Moi, je ne suis pas encore si célèbre que vous, on ne me reconnaît pas encore à mon style.

– Mais si, mais si, dit Rose, qui se voyait cernée de volants trop larges et d'épaulettes outrées.

– J'ai trouvé un biais : je signe mes créations !

Elisène montra le revers d'un calicot et Rose vit qu'en effet le nom de sa nouvelle grande amie était brodé dessus, ce qu'elle jugea d'une incroyable prétention. Comment les couturiers se permettraient-ils d'écrire leur nom sur les habits de leurs clientes ! Et pourquoi pas tatouer les fesses de la clientèle, tant qu'on y était ? L'artisanat devait conserver de la modestie. Qu'un peintre signe son tableau, c'était acceptable, il avait une cote. Mais une robe ! Même Rose ne s'y serait pas risquée, l'idée ne lui était même jamais venue à l'esprit. On reconnaissait une robe de chez Bertin à sa perfection, à son bon goût, à sa beauté. La signer aurait été comme écrire « *Léonard fecit* » au front de *La Joconde*. Pourquoi pas signer aussi l'argenterie, les carrosses, les meubles ? On ne vivrait plus que parmi les noms des fabricants, les labels, les… les marques ! Quelle vulgarité !

Elisène déploya sous ses yeux les toilettes dont elle était le plus fière. Un nombre effarant de robes étaient pendues dans une immense armoire. Elle les retirait des housses une à une. C'était long. Rose ressentit la même lassitude qu'un saucier à qui le rôtisseur d'en face montre en détail ses beignets de poulet.

– Comme c'est charmant. C'est… très frais… très nouveau…

Ces robes ne respectaient pas les conventions. Soit on y voyait un déluge de tout, soit au contraire plus rien, le dénuement pour toute parure. C'était toujours trop ou trop peu. La créatrice hésitait entre un buffet garni de pâtisseries et la frugalité d'un réfectoire de trappistes.

Rose avait beaucoup de mal à trouver les compliments adéquats. Toutes les couturières du monde se croyaient ses égales sous prétexte qu'elles maniaient l'aiguille. C'était ne rien comprendre au véritable sens de la mode, qui ne consistait pas à savoir accrocher une bande de dentelle sur un bout de taffetas, mais à choisir la bonne dentelle, le bon taffetas, et à rendre le tout intéressant à l'œil et à l'esprit. La couture est comme tous les arts : le génie n'est jamais dans les doigts de l'artiste, il est dans le dépassement de la matière par l'esprit.

Le jour déclinait. Elisène alluma des bougies pour qu'on y voie mieux. Alors que s'éclairait le reste de la pièce, Rose vit des éclats lumineux surgir un peu partout. Impressionnée par les meubles, elle n'avait pas remarqué qu'elle était environnée d'une multitude d'objets rutilants. En plus des robes, Elisène possédait une collection d'accessoires en or.

– Vous n'avez pas besoin de travailler ici, dit la modiste, vous pourriez financer votre boutique avec tout ça !

– Oh ! pas question de les vendre ! Ce sont des cadeaux d'admirateurs.

Ce n'était pas très heureux à dire, Rose en déduisit que la récipiendaire se choisissait d'opulents protecteurs. Si elle ne sombrait pas dans la prostitution, c'était probablement qu'elle s'enfermait ici pour coudre dès qu'elle avait gagné de quoi s'acheter les tissus qu'elle convoitait. Les hommes qui aiment s'offrir la compagnie des femmes n'aiment pas se voir concurrencer par autre chose, *a fortiori* par des séances de couture. Ils n'aiment pas non plus qu'elles aient la tête ailleurs. Surtout si elles ont l'air d'avoir perdu la tête en question.

Tout de même, entre les étoffes et les babioles dorées, il y en avait pour une somme. Rose doutait qu'un peu de prostitution au jour le jour ait suffi à financer tout ça.

Elle en était là de ses réflexions lorsqu'un objet scintillant arrêta brusquement son attention. Le pistolet d'or. Avec sa crosse en ivoire et ses cinq canons. Il était là. Pas dans un tiroir de la fermière générale, ni entre les mains du coiffeur ou des policiers, ni dans la poche d'un assassin : il reposait sur cette commode, entre un vase japonais en laque d'or et une soupière en vermeil.

– Belle arme, dit la modiste.

– C'est un cadeau, dit Elisène.

Un cadeau de l'assassin ! Ou bien ce pistolet bizarre existait-il en plusieurs exemplaires ? Mais combien y en avait-il ? Rose était-elle hantée par ce pistolet, ou le moindre ahuri de Paris avait-il désormais le sien pour mitrailler les gens dans ses moments d'ennui, le samedi soir ?

– En quoi consiste le gardiennage de cet établissement ? demanda-t-elle. Ce n'est pas trop prenant ?

Tandis qu'Elisène lui répondait de manière évasive tout en farfouillant dans les coffres où elle rangeait ses plus anciennes créations, Rose remarqua une robe jaune sur un cintre. La logeuse de Louison avait dit qu'elle avait vu monter une personne qui portait du jaune. Ce n'était pas une couleur très répandue, elle était tachante et n'amincissait guère.

Un pistolet d'or ayant servi à tuer Louison, un lieu mystérieux lié au décès de Louison, une collection d'objets dorés comme ils en avaient trouvé sous le lit de Louison, une couturière à la personnalité horripilante qui possédait une robe jaune : cette addition lui donnait des raisons d'explorer cet endroit. Une femme capable d'ajouter des manches en sabot sur une redingote à l'anglaise était capable du pire !

Elle profita du fait qu'Elisène avait le nez dans une armoire pour la pousser à l'intérieur, rabattre la porte et donner un tour de clé dans la serrure. Pendant que la couturière tambourinait à l'intérieur de sa prison, Rose se munit d'une des chandelles et partit explorer l'ancienne teinturerie.

Elle était entrée dans ce bâtiment lépreux par le purgatoire pour accéder au paradis de la fanfreluche ; elle ne tarda pas à découvrir l'enfer. En bas, plusieurs salles garnies de grabats infects ressemblaient à de vastes geôles. Les verrous étaient posés à l'extérieur. C'était comme s'il y avait eu ici des prisonniers qu'on avait envoyés ailleurs. Un atelier contenait tout le matériel pour punir et entraver les récalcitrants, notamment par la pose de fers aux chevilles. Rose avait traversé les neuf cercles de l'enfer, elle n'avait pas encore rencontré Satan, mais elle avait déjà une idée de qui était Cerbère.

Les causes du décès de Louison s'éclaircissaient. Voilà ce qui avait inquiété cette malheureuse, ces derniers jours : c'était ici qu'elle s'était fait offrir son trésor d'objets dorés. Si elle avait découvert le secret de cet endroit, elle n'était peut-être pas morte à cause de l'affaire Cottin de Melville. Dans ce cas, Rose et Léonard n'étaient pour rien dans son assassinat.

À peu près au même moment, Léonard se présentait à leur rendez-vous chez Montignou. Théophane, qui quittait justement l'établissement, le croisa. Il s'écarta de lui comme s'il avait eu la peste, avant de se raviser et de revenir sur ses pas. Il lui murmura :

– Des problèmes si tu entres ici tu auras !

– De boire arrêter tu devrais, lui répondit Léonard.

Après avoir délivré son message obscur et inquiétant, Théophane tourna les talons et s'éloigna comme Loth fuyant Sodome.

« Ce tilleul commence à faire des ravages », se dit le coiffeur en regardant le mage raser les murs jusqu'au premier tournant. Il pénétra d'un pas serein dans le temple de la poste et de l'alcool réunis. Quelques employés de la ferme générale se reposaient de leurs fatigues devant une tasse de tisane réparatrice.

– Ah ! fit Montignou. Votre bonne amie a fait porter un papier pour vous !

– Ce n'est pas ma bonne amie, bougonna Léonard en prenant connaissance du message.

– Est-ce grave ? demanda l'aubergiste.

– Oh ! oui ! Mlle Bertin s'est jetée tête baissée dans la gueule du loup, comme à son habitude !

– Croyez-vous qu'elle soit en danger ?

– Non. Si je veux que les dangers aient une chance, je dois les aider un peu. Auriez-vous une arme à me prêter ? Si jamais elle était blessée, il me faudrait peut-être abréger ses souffrances.

– J'ai mieux que ça, dit Montignou, j'ai mes deux bras et mes deux jambes. J'allais justement fermer.

– Je ne sais pas à quoi vous pourriez m'être utile, dit le coiffeur. Dans les périls, je compte sur mon intelligence, mon agilité, mon à-propos…

– J'ai mon tromblon ! dit le dispensateur de tisanes, qui fit apparaître de sous son comptoir un objet oblong, métallique, agrémenté d'une cartouchière, d'une poire à poudre et d'une pierre à briquet qui en faisaient une arme redoutable par temps clair et en l'absence de vent.

– Cela me paraît bien aussi, dit le coiffeur.

16

La vérité sur le mensonge

Dans la teinturerie désaffectée, Rose allait de désillusion en déconvenue. Dans le bureau du directeur, elle trouva un répertoire des entrées et des sorties. Avec les noms, âges et qualités des pensionnaires qui avaient été forcés d'y séjourner.

Il s'agissait de serviteurs noirs que leurs employeurs n'avaient plus le droit de garder chez eux après que la loi leur avait interdit le territoire de la métropole. Chassés de partout, ils étaient tombés sur un réseau qui leur promettait de les envoyer en un pays où ils seraient tolérés. « Un pays de justice, de bonheur et de vertu », disait le dossier. Cette formulation évoqua des souvenirs à Rose. Une édition du *Candide* de Voltaire était posée sur cette table. Elle l'ouvrit à l'emplacement du marque-page. « Arrivée de Candide et de son valet au pays d'Eldorado, et ce qu'ils y virent. Un pays de justice, de bonheur, et de vertu. »

D'autres papiers indiquaient qu'en fait de « pays de justice », les fugitifs avaient été expédiés à Cayenne, où les attendait une vie d'esclave pire qu'aux Antilles.

Elisène et ceux pour qui elle travaillait avaient mis au point un lucratif négoce de chair humaine. Leurs Noirs étaient coincés par la nouvelle loi. S'ils sortaient d'ici, ils étaient renvoyés dans les colonies des Indes occidentales où ils retomberaient entre les griffes des planteurs. On les avait fait travailler dans ces ateliers, puis on s'était débarrassé d'eux en les expédiant vers n'importe quel marché aux esclaves. Les lieux restaient vides en attendant l'arrivée d'une nouvelle fournée ou l'invention d'une nouvelle combine.

Rose entendit des appels lointains. La folle s'exaltait dans son placard. C'était le moment de lui dire au revoir. La modiste remonta chercher une nouvelle chandelle en tâchant de ne pas faire de bruit. Hélas ! le plancher craquait. Les appels firent place à des supplications, puis à des flatteries.

– Comment pouvez-vous vous méprendre sur mon compte, vous, une si grande artiste ! Nous avons tout pour nous entendre ! Vous êtes mon modèle vivant ! Ce jour devrait être le plus beau de ma vie !

Les duchesses qui imploraient Rose de l'habiller en urgence ne lui tenaient pas un autre langage. Brutalement, Elisène changea de registre.

– Balai de pot de chambre ! Cloaque de la rue du Bout du monde[1] ! Mon talent est sans commune mesure avec le tien ! Vieille cocotte en sucre desséchée ! Relique du temps jadis ! Essaie de m'échapper si tu peux ! Je vais te régler ton compte !

Si déplaisantes soient ces injures, elles correspondaient exactement aux gracieusetés que s'échangeaient tailleurs et couturiers quand ils comparaient leurs mérites. La modiste s'était trompée sur cette Elisène : elle était bien sur la voie du professionnalisme. Encore un effort et elle acquerrait le vocabulaire complet d'une artiste en tissus et passementeries.

Rose se dirigea d'un pas placide vers la sortie. Hélas ! le portail était verrouillé. Elisène l'avait refermé après avoir fait entrer sa visiteuse. Celle-ci remonta quatre à quatre jusqu'à l'appartement, qu'elle remua de fond en comble.

Un rire s'éleva du placard.

– Ha ! Ha ! Vous cherchez la clé, peut-être ? Venez donc la prendre ! Je vous la donnerai volontiers !

« Mordondienne[2] ! » pensa Rose. Même si elle avait disposé d'un bélier, elle était loin d'avoir la force nécessaire pour enfoncer un portail aussi imposant.

1. Rue de Paris connue pour son égout à ciel ouvert.
2. Juron signifiant « mort de Dieu ».

Avant de partir en quête d'une autre sortie, elle termina d'explorer le logement à la recherche d'une clé qui ouvrirait une porte.

À défaut de clé, une des penderies contenait une multitude de vêtements masculins. Rose crut d'abord qu'ils appartenaient à Elisène, cette excitée pouvait bien avoir la manie de s'habiller en homme, cela n'aurait pas été plus extravagant que le reste de ses créations. Cependant, la modiste de la reine s'y connaissait suffisamment pour reconstituer une morphologie d'après les habits censés l'envelopper. Or ceux-ci n'avaient pas été faits pour une femme. Ils étaient d'un modèle courant, avaient servi à une personne qui travaillait debout et qui manipulait à l'occasion des objets pesants. L'examen de la matière, de la coupe, la taille des différentes parties, les mensurations, le style lui permirent de voir en imagination leur propriétaire. Si elle n'avait guère la mémoire des gens, elle se rappelait parfaitement les costumes. Un portrait se dessina. Celui de quelqu'un qu'elle avait rencontré dernièrement et qu'elle n'aurait jamais soupçonné. Voilà qui changeait tout ! Un raz-de-marée d'inquiétude la submergea. Elle savait désormais qui dirigeait cet épouvantable établissement. Elle savait qui était derrière ce trafic. Elle savait qui était l'homme dont il fallait redouter l'apparition.

– Ohé ! fit la voix de Léonard, au rez-de-chaussée de la fabrique. Il y a quelqu'une ?

La modiste sortit sur le palier et regarda par-dessus la rambarde. Le coiffeur lui fit signe d'en bas. Le soulagement qu'elle ressentit ne parvint pas à balayer tout à fait l'appréhension.

– J'ai eu votre message ! dit Léonard. Vous allez bien ?

– Oui, dit Rose.

– Le mystère est éclairci ?

– Oui, répéta Rose.

Elle aurait aimé qu'il se taise et qu'ils s'échappent au plus vite de ces lieux maudits. Elle commença à descendre l'escalier.

– Dans ce cas tout va bien ? dit le coiffeur.

– Oui. Comment avez-vous eu mon message ?

– M. Montignou me l'a remis.

Rose interrompit sa descente, sa main se serra sur la rampe.

– Sait-il ce qui était écrit dedans ?

– Bien sûr ! D'ailleurs il m'a très gentiment accompagné.

Rose eut un vertige, elle se retint à la rampe et jeta un coup d'œil autour d'eux.

– Savez-vous où il est à présent ? demanda-t-elle à mi-voix.

Le coiffeur tourna sur lui-même sans répondre. Elle franchit les dernières marches au pas de course et l'entraîna dans la cour. Le portail était à nouveau fermé. Elle observa autour d'eux. Des portes, des fenêtres… Où était le marchand de tilleul ?

– Qu'est-ce qui vous prend ? demanda Léonard.

– Il me prend que nous devons filer tout de suite.

Elle retourna à l'intérieur du bâtiment. Il devait bien y avoir une autre issue. À présent qu'elle avait un bélier, enfin, un coiffeur qu'elle pouvait jeter contre le battant, ses chances de forcer son chemin vers l'extérieur s'amélioraient. Il était temps que ce bonhomme démontre qu'il était autre chose qu'un accessoire encombrant. À force de chercher, ils aboutirent à un corridor obscur, pas du tout le genre de passage où l'on a envie de pénétrer quand on est poursuivi par des tueurs sanguinaires. Rose alluma une lanterne pendue au mur, la remit à son compère et le poussa en avant.

– Allez-y !

– Pourquoi moi ?

– Parce que vous êtes grand, fort et courageux !

Incapable de trouver la parade à tels arguments, Léonard s'enfonça dans le boyau ténébreux.

– Alors ? demanda Rose.

– J'ai trouvé !

Elle poussa un soupir de soulagement et s'engagea à son tour dans le couloir.

Un bruit sec la fit sursauter. La porte venait de se refermer sur ses talons. Elle entendit le verrou glisser dans son logement. Prise au piège ! L'assassin avait tranquillement attendu que les souris pénètrent dans la trappe.

– Dites-moi que vous avez trouvé une porte, dit-elle à l'abruti qui avait posé sa lanterne au sol et tripotait quelque chose sur le mur.

– Non, mais presque ! J'ai trouvé une fenêtre !

Rose sentit poindre la catastrophe. À l'aide d'un vieux balai déplumé, Léonard parvint à décrocher le volet intérieur qui obturait une ouverture située en hauteur, ce qui révéla… une fenêtre à barreaux. Si épais, si bien scellés dans la pierre que plusieurs jours d'efforts seraient nécessaires pour parvenir à les ôter, à condition de disposer d'outils adéquats.

– Bon. Nous n'avons qu'à revenir en arrière, suggéra le coiffeur.

Elle faillit l'étrangler avec ses rouleaux de cheveux. Cela aurait au moins mis un terme aux souffrances de l'un d'entre eux. Ne plus subir les sottises du coiffeur aurait été un soulagement exquis, et elle pourrait faire porter le chapeau à l'assassin qui venait de les enfermer. Jamais elle n'avait été aussi tentée de commettre un crime.

Pour se détourner de cette idée, elle partit explorer leur geôle. La fenêtre donnait au moins de la lumière. Qu'avaient-ils autour d'eux ? Des seaux, des scies à bois, quelques marteaux… Mais à quoi avait donc pu servir ce réduit ? Ce fut alors qu'elle sentit la subtile odeur âcre qui régnait ici. Et qu'elle vit les éclaboussures. Rougeâtres. Et ce trou d'évacuation dans le sol… Elle aboutit à l'horrible conclusion qu'on avait découpé des cadavres.

– Je me demande ce qu'on faisait ici, dit le coiffeur.

Elle eut envie de le lui dire. Mais s'il s'affolait, il ne serait plus bon à rien. Elle n'avait pas le temps de consoler un imbécile, elle devait concentrer sa réflexion sur le moyen de s'enfuir.

Il y avait aussi contre un mur un grand casier à bouteilles bien garni.

– Montignou va finir par nous trouver, nous devrions taper contre la porte pour nous signaler, suggéra Léonard.

Rose déboucha l'une des bouteilles à l'aide du tire-bouchon qu'elle conservait dans les poches secrètes de sa robe, entre le couteau pliable et le passe-partout. Le contenu du flacon exhalait un fort parfum d'alcool. Elle lui mit le goulot sous le nez.

– Du tilleul ! dit le coiffeur. Mais alors... Montignou...

– C'est lui l'organisateur des trafics qui se commettent ici. Il a pu tuer Philbert Petit-Colas et Louison avec le pistolet d'or qui est là-haut.

– Celui que j'ai pris chez Saint-Avit ? dit Léonard.

– Non.

– Celui de la veuve Cottin ?

– Non. La folle qui loge ici en a un, elle aussi.

– C'est l'accessoire à la mode, dites-moi. Vous devriez le proposer à vos clientes pour deux bonnets achetés.

– J'ai l'impression qu'elles se sont déjà fournies ailleurs.

De toute évidence, un certain nombre de ces armes était en circulation. Comment cela était-il possible ? Si Cottin avait eu l'habitude de les offrir à ses conquêtes, ça devait faire pas mal de pistolets d'or à travers Paris !

– Charmant cadeau, dit Léonard. On m'a offert une tabatière en porcelaine, une fois.

– Ne me dites pas ce que vous avez fait pour l'avoir, dit Rose, je suis assez choquée comme ça.

Elle se laissa tomber par terre malgré la saleté du sol et réfléchit à voix haute. De fait, Louison avait découvert cette maison et ce qu'on y faisait. Sans doute parce que des gens de sa connaissance y avaient échoué. C'est-à-dire des Noirs interdits de territoire qui n'avaient pas, comme elle, la chance de passer inaperçus parmi les Blancs. Elle en avait parlé à Philbert Petit-Colas, et voilà pourquoi ils étaient morts tous deux. Montignou ou Elisène les avait fait taire ; Petit-Colas parce qu'il avait mentionné le fait au bureau-café, et Louison parce qu'elle était venue faire chanter Elisène, qui l'avait payée avec des babioles de sa collection. Puis Rose avait envoyé chez Montignou un message pour Léonard où elle évoquait elle aussi cet endroit. En apprenant le contenu du message, Montignou avait décidé de supprimer les témoins. Et voilà.

– Mon Dieu ! dit la modiste. Vous comprenez ce que ça signifie ?

– Oui ! dit le coiffeur. Que tout cela est de votre faute !

– Ce n'est pas du tout ce que je voulais dire.

– À cause de vous, me voilà piégé dans un trou à rat !

– Arrêtez de rejeter vos bévues sur moi.

– Je me suis embarqué dans cette affaire avec une folle irresponsable !

– Méfiez-vous, j'ai aussi des instincts meurtriers.

En fin de compte, la culpabilité de Montignou signifiait qu'ils n'étaient pas responsables de l'assassinat de Petit-Colas, ce crime serait advenu de toute façon, qu'ils s'en soient mêlés ou non.

– Nous sommes donc purs de tout péché ! déclara Léonard.

– Oui, voilà, dit Rose au coiffeur bouclé-poudré, vous êtes pur de tout péché.

Léonard se rembrunit néanmoins.

– Vous en savez trop, il ne vous laissera jamais partir.

La modiste lui jeta un regard plein d'accablement.

– Tandis que vous…

– J'ai l'impression qu'il m'aime bien. Il aurait pu me tuer en chemin, il ne l'a pas fait, nous avons noué amitié.

Rose leva les yeux au ciel. « Nous avons noué amitié », disait-il d'un monstre qui piégeait des fugitifs, exploitait des esclaves et faisait disparaître les corps de ceux qui mouraient dans sa prison !

– Très bien, dit-elle. Vous pourrez toujours dire que vous ne me connaissez pas, que je vous avais juste donné rendez-vous ici pour une rencontre galante…

– Vous croyez ? dit Léonard.

– Non, je ne crois pas ! s'écria-t-elle. Est-ce que j'ai une tête à me rouler dans la fange avec un farfelu enfariné ?

– Chut ! Moins fort, les reproches ! Il nous entend peut-être ! Vous allez me l'énerver !

– Oui, d'autant que, lorsqu'il verra comment j'ai traité sa complice, il ne va pas être ravi.

Léonard la contempla comme ce qu'il avait vu de pire de toute sa vie.

– Vous vous êtes vraiment débrouillée pour que nous n'en sortions pas vivants ! Maltraiter une frêle jeune femme !

– Quand vous verrez la frêle jeune femme, vous me comprendrez mieux.

Il prit une grande inspiration. Inutile de dire tout de suite à la modiste ce qu'il pensait d'elle, il serait bien temps, une fois tirés de ce mauvais pas.

– Bon. De quoi disposez-vous, dans votre robe, pour nous faire échapper ?

– J'ai de quoi ouvrir une bouteille. Un peu de tilleul ? répondit Rose en lui tendant la pièce à conviction. Et vous ?

– J'ai des lames au format « lime à ongle » dans mes souliers et de la ficelle dans mon chapeau.

Ils regardèrent la fenêtre à barreaux qui ouvrait sur la cour déserte de leur futur tombeau. Ils allaient finir au fond d'un seau, en petits bouts.

– Nous sommes comme deux poulets dans une basse-cour ! se lamenta le coiffeur.

– Vous, surtout, dit Rose, qui regardait ses cheveux savamment ébouriffés.

17

Courage, mentons !

Du fond de leur geôle, Rose et Léonard entendirent des pas s'approcher et un verrou que l'on tirait. Montignou et Elisène entrèrent dans la pièce oblongue. Ils n'avaient pas l'air contents. La jeune femme tenait le pistolet d'or avec beaucoup d'assurance. Elle avait troqué ses jolis vêtements pour une tenue garnie de lanières de cuir. Si elle avait conçu ce vêtement pour faire naître autour d'elle un frisson d'anxiété, c'était parfaitement réussi.

– Vous n'êtes pas les premiers à percer notre petit secret, dit Montignou, mais vous êtes les premiers à parvenir jusqu'à cette pièce.

– C'est un malentendu, dit Léonard. Laissez-moi vous expliquer. J'avais rendez-vous avec cette personne que je connais à peine, j'ignorais absolument que…

– La ferme ! dit Montignou tandis que le pistolet d'Elisène se braquait sur lui. Tout ça, c'est la faute de

Louison ! Elle avait échappé à l'édit d'interdiction des Noirs parce qu'elle passait pour blanche ! Elle aurait dû se contenter de sa chance ! Les autres lui avaient dit qu'on les emmenait en lieu sûr. Comme elle n'avait plus de nouvelles, elle est partie à leur recherche, elle a découvert notre fabrique et elle s'est fait payer pour son silence. Mais elle n'a pas su tenir sa langue une seule journée ! Il a fallu qu'elle parle à Petit-Colas ! Deux personnes à éliminer au lieu d'une !

Léonard tenta une incursion sur le terrain accidenté de la diplomatie.

– Vous pouvez nous relâcher, nous ne savons rien !

Rose avait moins d'illusions.

– Est-ce vous ou elle qui avez tué Philbert et Louison ? demanda-t-elle à Montignou.

– Moi, je ne sais rien, persista à soutenir Léonard en se bouchant les oreilles avec les mains.

Les deux trafiquants d'esclaves eurent un sourire satisfait.

– Vous n'aurez qu'à demander à saint Pierre quand vous le verrez, répondit Montignou. Allez, tire ! ajouta-t-il à l'intention d'Elisène. Qu'on en finisse ! J'ai encore de la découpe sur la planche !

Les yeux de Léonard allèrent des scies aux marteaux, aux seaux, au trou dans le sol… Rose, au contraire, gardait les siens rivés sur la femme au pistolet d'or. La couturière hésitait. La prisonnière comprit qu'elle devait saisir sa chance.

– Ma chère, votre robe a besoin d'une reprise au niveau de la taille.

Elisène baissa les yeux sur son bustier, elle était désarçonnée.

– Vous croyez ?

– Absolument. Ça plisse en biais. D'ailleurs, nous pourrions ajouter quelques améliorations judicieuses, à condition de changer le sens des lanières. Je les verrais bien en quinconce.

– En quinconce ! Quelle idée fabuleuse ! dit l'esclavagiste de la mode.

Elle se tut, les motifs d'inspiration se bousculaient en elle, Montignou la regardait avec inquiétude.

– Vous pourriez concevoir un modèle rien que pour moi ! dit-elle enfin, au vif soulagement des uns et au désespoir d'un autre.

Celui-ci protesta, il n'avait pas de couture à son programme, juste de la découpe. Mais sa complice plaida la cause du frou-frou et de la mousseline ; après tout, cet endroit était une prison, Rose ne pourrait jamais s'enfuir.

– Laisse-la me faire quelques robes ! Tu n'as qu'à tuer le coiffeur !

Elle se servit du pistolet pour désigner Léonard.

– Holà ! dit celui-ci. Que serait une belle robe sans la coiffure adéquate ? Je n'ai pas l'impression que votre artisan capillaire habituel soit à la hauteur de votre génie !

Elisène dodelina de la tête.

– Il n'a peut-être pas tort.

– Je te paierai le coiffeur, promit Montignou. C'est trop dangereux de garder les deux.

Rose était en proie à un terrible dilemme. Non seulement elle devait supporter le gêneur poudré, mais à présent elle était censée lui sauver la mise ! Elle espéra que le paradis des couturières existait, car elle allait vraiment mériter une place d'honneur.

– J'ai besoin de lui pour les garnitures, lâcha-t-elle sombrement.

Montignou était perplexe.

– Il sait faire ça, lui ?

– Lui ? C'est le champion du ruban torsadé ! Le roi du double frisotis lacé ! Regardez sa tenue : il a tout cousu lui-même ! C'est un maniaque !

Elisène parut enchantée.

– Vous allez m'apprendre le point de Cherbourg ! Le nœud hongrois ! Le rejeté-plissé !

– Volontiers, répondit Rose comme si on lui proposait un après-midi « travaux pratiques » autour d'une tasse de thé.

Montignou n'était toujours pas chaud, mais la jeune femme avait apparemment sur lui le même genre d'influence qu'Ève sur Adam le jour de la cueillette des pommes.

– On ne fait jamais aucun effort pour me faire plaisir, ici ! dit-elle d'une voix d'enfant déçue.

Tandis qu'elle s'énervait, le pistolet se dirigeait dangereusement vers son comparse. Ce dernier céda.

– Youpi ! fit la couturière en chambre en battant dangereusement des mains qui tenaient toujours son arme.

– Pour fêter ça, je vais vous apprendre à coudre une bertine, proposa Rose.

– Qu'est-ce que c'est ? demanda Elisène, en proie au ravissement.

– C'est une surprise.

Pour fabriquer la bertine, elle lui indiqua une liste de fournitures à se procurer chez les meilleurs faiseurs ; c'est-à-dire chez elle, au Grand Mogol. On ne fait du bon travail qu'avec le matériel adéquat.

– Et, pour les parements, il nous faut de la roussette noire de l'île de France. Sa fourrure est soyeuse et délicate, nous n'aurons pas mieux.

Ses geôliers notèrent ses *desiderata*, puis sortirent et tirèrent le verrou derrière eux. Le coiffeur et la modiste les entendirent s'éloigner en se disputant sur le coût des tissus.

– Elle est complètement surpiquée, votre amie, dit Léonard quand le silence fut revenu.

Il se souvenait l'avoir vue dans le carrosse de Cornuchon au début de cette affaire. Impossible d'oublier cette manière de s'habiller, ni la lueur d'exaltation hors de contrôle qui brillait dans ses yeux. Nul doute qu'à la première occasion leur sort serait réglé. Montignou n'avait pas l'intention de s'encombrer d'eux longtemps. Ce serait *couic*. Ils n'avaient pas intérêt à rater leurs ourlets.

– D'autant que je ne suis pas si fort en rubanerie que vous le dites, précisa le coiffeur.

Rose explosa.

– Mon Dieu ! Combien de bêtises ai-je dû proférer pour vous sauver ! Le ruban torsadé ! J'ai insulté l'art sublime des modes !

– Je vous remercie d'avoir renié vos valeurs les plus sacrées pour me sauver la vie, dit le coiffeur.

– Montrez-moi que je n'ai pas eu totalement tort, faites-nous sortir d'ici !

– Rien ne presse !

De l'avis de Léonard, des tas d'occasions se présenteraient lorsqu'ils fabriqueraient de jolies toilettes pour la folle. Elle ne devait pas être si difficile à maîtriser. Un bon coup derrière les oreilles, bonsoir et bonne nuit !

Rose était loin de partager son optimisme, elle affichait une mine soucieuse.

– Je crains au contraire que l'illusion ne dure pas, nous devons quitter ce bouge à tire-d'aile.

Le coiffeur s'étonna.

– Pourquoi ça ? Vous allez lui concocter des tenues sublimes, elle sera sous votre charme, comme vos idiotes de clientes. Vous êtes l'idole des évaporées !

Rose semblait sur le point de faire une révélation qui lui coûtait beaucoup.

– Je vais vous dire un secret. Jurez de ne jamais le répéter à quiconque. Levez la main droite. Posez la gauche sur votre cœur. Crachez par terre.

– Ça va, vous ne voulez pas que je chante un psaume un pied en l'air ? Je promets de le garder pour moi, votre secret.

Rose prit une profonde inspiration.

– Il y a un malentendu. Je ne suis pas une bonne couturière. Je sais à peine tenir l'aiguille. En couture, je suis une tanche. Il y a à Paris mille couturières plus douées que moi.

– Quoi ? Mais tous ces vêtements que vous vendez…

– Mon talent, c'est d'assortir les éléments entre eux. J'achète des accessoires que j'assemble de la meilleure manière imaginable. Mon art, c'est mon goût. Mais je ne couds rien moi-même. Pour les travaux manuels, j'ai du personnel compétent.

– Vous êtes sûrement capable d'assurer le minimum…

– Pas au niveau qu'elle attend. Elle est bien plus forte que moi en couture. Quand elle s'en rendra compte, son admiration fondra d'un coup. Elle confond couture et création.

À son tour, Léonard entrevit ce qui allait se passer. Dès que le malentendu aurait été dissipé, ils seraient perdus.

– Ma vie est suspendue à un fil et vous ne savez même pas quoi faire avec ! Je suis coincé avec une menteuse ! une fraudeuse ! une maladroite !

– Je sais quand même manier le bâton, vous savez. Je peux vous faire une démonstration.

Ils restèrent un moment silencieux, l'accablement leur coupait le sifflet.

– Votre tenue n'est même pas pratique pour s'échapper d'ici ! se plaignit-il. Une robe à panier ! A-t-on idée !

– Dame ! dit la modiste. Si on savait qu'on doit finir sa soirée au cachot, on ferait des choix différents avant de sortir !

Léonard se dit qu'il ne leur restait plus qu'à implorer la pitié d'Elisène quand ils seraient pincés à bâcler les patrons.

– Bon courage, dit Rose. Ça m'étonnerait que cette femme se laisse émouvoir.

– Qu'en savez-vous ?

– Ernestine, la logeuse de Louison, m'a dit que la seule personne qu'elle avait vue monter peu avant le meurtre portait du jaune.

– Saint-Avit ! s'écria Léonard.

– Quand j'ai rencontré Elisène, tout à l'heure, elle m'a montré une splendide robe jaune. Et elle possède un pistolet d'or. Qu'elle range dans sa collection d'objets dorés. Je ne compterais pas trop sur son indulgence.

Léonard était scandalisé.

– Vous ne pouviez pas me dire ça avant ? Ou après ? Pourquoi maintenant, alors que je ne peux rien faire ?

– Afin que vous sachiez pourquoi vous allez mourir.

Une heure s'était écoulée dans la consternation lorsqu'ils entendirent des détonations qui ressemblaient fort à des coups de feu.

– Faites-moi la courte échelle ! ordonna Rose.

Elle s'efforça de grimper sur les épaules de Léonard pour atteindre la fenêtre.

– Et gare à vous ! dit-elle en retroussant ses jupes.

– Oui, oui, je sais, dit le coiffeur. Si je lève le nez, vous me l'écrasez à coups de bottine. Rassurez-vous, je porterai mon regard droit devant moi.

Cramponnée aux barreaux, elle réussit à voir que l'on s'entretuait dans la cour de la teinturerie.

– Nous sommes attaqués par des pâtissiers !

– Descendez de là ! dit Léonard. Vous me mettez les épaules en bouillie pour rien, vous avez la berlue.

Berlue ou pas, cela mitraillait devant le bâtiment.

– Comment ont-ils appris que nous étions en danger ? dit le coiffeur.

– Je ne sais pas bien coudre, mais j'ai d'autres talents, dit la modiste, qui paraissait contente d'elle-même. J'ai conseillé à Elisène d'acheter de la fourrure de roussette noire de l'île de France. La roussette noire vit sur l'île Bourbon[1]. J'espérais bien qu'elle s'obstinerait assez pour que cela mette la puce à l'oreille de mes vendeuses. L'une d'elles a fait la même erreur l'an dernier, c'est devenu une plaisanterie entre nous : dès qu'elles se trompent, je dis : « Encore une qui cherche de la roussette noire sur l'île de France ! »

Cette bonne nouvelle eut sur le coiffeur un effet comparable à de l'indignation.

– Et vous ne pouviez pas m'avertir plus tôt ? Au lieu de me laisser me morfondre ?

– Je ne voulais pas vous donner de faux espoirs, mentit-elle.

Ils perçurent des appels dans le lointain. Léonard dressa l'oreille.

– On dirait la voix de Fersen, votre arme de séduction massive.

– Au secours ! cria Rose. Je suis recluse dans des conditions épouvantables !

– Moi aussi ! renchérirent les conditions épouvantables à côté d'elle.

Quelques minutes plus tard, le verrou fut tiré et la figure angélique du Suédois parut dans un halo de lumière. Mue par un élan de gratitude irrépressible, Rose se jeta dans ses bras.

– Mon sauveur ! Faites de moi ce que vous voudrez ! Je suis à vous !

1. L'île de la Réunion.

Visiblement, Fersen n'avait pas l'intention d'en faire grand-chose.

– Je suis heureux d'avoir satisfait les désirs de ma reine, dit-il en se détachant de la modiste pour la poser sur le sol.

« Et mes désirs à moi ? » se dit Rose.

Fersen expliqua qu'il les avait cherchés pour reprendre l'enquête laissée en plan. Inquiet de les avoir perdus de vue, il s'était adjoint les troupes secrètes de la reine constituées de ses fournisseurs. Alors qu'il interrogeait les vendeuses du Grand Mogol, sa suspicion avait été éveillée par le scandale que causait une cliente : une femme très curieusement vêtue exigeait qu'on lui fournisse une chauve-souris qui n'existait pas, pour coudre une « bertine » dont nul ne savait ce que c'était. Il avait décidé de la suivre et elle les avait conduits à cette sinistre forteresse.

– C'est sous son crâne qu'il y a des « chauves-souris », dit Léonard.

Dans l'entrée de la fabrique gisait le cadavre de Montignou, qui avait résisté en vain à l'invasion. Il portait plusieurs impacts de rouleau à pâtisserie.

– Avez-vous arrêté une folle armée d'un pistolet d'or ? demanda Rose.

Ils n'avaient vu ni folle, ni pistolet, ni or. Elisène avait disparu. Ce fut la mauvaise nouvelle de la journée. On n'avait pas non plus découvert d'argent dans la maison. Où était passée la petite fortune que cet ignoble trafic avait dû rapporter ? Tout cela avait dû s'éclipser par cette autre issue que Rose n'avait jamais trouvée.

Il y avait donc à ce moment dans la nature une excitée munie d'une somme importante, d'une passion morbide pour la mode et d'un pistolet chargé.

18

La conquête des Amériques et de la Suède

Ce jour-là, Rose et Léonard parèrent la reine en fonction d'une idée que celle-ci avait eue toute seule à l'occasion d'une de ces fulgurances dont elle était coutumière. Il était beaucoup question, ces temps-ci, de la marine française qui devait transporter les troupes en Amérique pour combattre les forces britanniques.

– Je ne comprends pas pourquoi nous devons traverser l'Atlantique pour affronter les Anglais qui sont juste de l'autre côté de la Manche. La politique a encore des subtilités qui m'échappent.

Tandis qu'ils la décoraient façon « navire de guerre », Marie-Antoinette demanda des nouvelles de son beau-frère, le comte de Provence, qu'elle n'avait plus vu depuis des jours. La duchesse de Fitz-James lui répondit que Son Altesse royale s'était enfermée dans sa bibliothèque pour traduire un essai anglais sur Richard III.

– Rappelez-moi qui était Richard III, dit la reine, qui avait bien des qualités mais pas celle d'avoir lu Shakespeare.

– Richard vivait à la fin du XVe siècle, c'était le méchant frère cadet du roi Édouard IV. À la mort de son aîné, il fit déclarer ses neveux illégitimes, les fit enfermer à la Tour de Londres, puis étrangler, ce qui lui permit de se faire couronner.

Cela laissa Marie-Antoinette rêveuse.

– Il est charmant, mon beau-frère. Il a des loisirs fascinants. Et qu'arrive-t-il à la veuve de ce malheureux Édouard IV ?

– Elle fait alliance avec les ennemis de Richard pour s'assurer qu'il ne l'emportera pas en paradis. Après quoi, elle se retire dans un château pour faire de la tapisserie.

– Pour ma part, je n'ai pas l'intention de faire de la tapisserie !

En réalité, le comte de Provence avait quitté sa bibliothèque pour aller réclamer des subsides au roi. C'était un gros garçon intelligent, cultivé, sournois et très intéressé par tout ce qui brille, à commencer par les écus.

– Ah ! Frère Girofle ! dit le roi quand son frère entra.

Quelque temps plus tôt, Provence avait tenté d'obtenir le monopole de la girofle et du poivre de

Guyane. Le roi avait refusé, et, depuis lors, on l'appelait volontiers « frère Girofle » à la Cour.

Provence se plaignit d'être aux abois. Ses ressources couvraient à peine ses frais et ses aumônes.

– Ça coûte si cher, la charité ! expliqua-t-il, tout vêtu d'un costume dont les broderies étaient un entrelacs de fils d'or.

– Dans ce cas, pourquoi me la demandez-vous ? répondit le roi.

Provence voulait cinquante mille francs de plus par an ; et aussi la Touraine « pour la laisser à ses enfants ».

– Vous n'en avez pas !

Provence écrasa une larme.

– N'ajoutez pas à ma souffrance !

Il voulait dire *sa* souffrance de ne pas toucher les revenus de la Touraine.

Il avait apporté une liste de souhaits, comme au grand saint Nicolas. Il voulait remettre en vigueur les droits féodaux sur ses domaines afin de faire travailler les gueux pour rien. Il comptait multiplier par six ses revenus par la création de taxes sur les arbres, sur les transactions juridiques et sur les exploitations minières.

Le roi savait par ailleurs qu'il avait emprunté trois millions de francs aux banquiers genevois pour acquérir de nouvelles terres où il n'allait jamais.

– Dites-moi, mon frère. Vous achetez la France par petits bouts pour me prendre mon royaume ?

Ayant été fait Grand Maître de l'ordre de saint Lazare, un titre honorifique, Provence entendait vendre les biens de l'ordre. Louis XVI dut lui expliquer la différence entre la cassette des princes et celle de la nation :

– Moi, par exemple, je suis roi de France et je ne vends pas la France !

N'ayant rien obtenu du roi, Provence passa à son plan B. Il reçut un fermier général à qui il avait fait obtenir le contrat des vinaigres : il désirait investir, lui aussi.

– Excellentes perspectives de développement, lui affirma Cornuchon. Tous les gens bien informés pensent que la consommation de vinaigre va exploser dans les années à venir. Il suffirait que Votre Altesse royale fasse augmenter les taxes d'un ou deux pour cent…

– Considérez votre demande comme exaucée, répondit Provence. Je ne prendrai en échange qu'une faible part du butin… je veux dire « des profits ».

Il était républicain à sa manière : il luttait contre les inégalités entre le peuple et la noblesse, mais pas dans le sens habituel.

– Il n'y a pas de raison que les roturiers soient les seuls à s'enrichir ! À bas les privilèges des roturiers !

Maintenant qu'ils étaient partenaires, Cornuchon évoqua un souci. Il aurait aimé que Son Altesse royale lui fît transférer le contrat des postes géré par

Mme Cottin de Melville, une protégée de la reine. De source sûre (certains employés de la fermière générale le renseignaient à prix d'argent), il savait que la Cottin comptait financer le magnétiseur Mesmer, qui prétendait aider la reine à concevoir un héritier mâle.

Les cheveux du comte de Provence se seraient dressés sur sa tête s'ils n'avaient été pommadés, lustrés, tirés, noués en queue-de-cheval et, surtout, aussi faux que son affection pour le reste de sa famille. Un héritier ! Les deux hommes se découvraient des ennemies communes : ces femmes qui faisaient obstacle au grand projet de Provence : régner.

Quand la reine fut prête pour son bal, une canonnière flottait sur l'océan de ses cheveux. Si elle n'était pas le centre de l'attention avec ça sur la tête, elle n'aurait plus qu'à se peindre la peau en bleu.

Les huissiers introduisirent le comte Axel de Fersen. Marie-Antoinette s'apprêtait à lui demander ce qu'il pensait de sa coiffure quand il s'écria :

– *Åh, min drottning ! Det är en skandal*[1] !

– À ce point-là ? répondit la reine, un peu dépitée.

Il avait à la main un pamphlet que les gens s'échangeaient dans les escaliers de Versailles. On y lisait que la reine avait des faiblesses pour MM. de Lauzun, de Besenval et de Coigny, qu'il fallait l'enfermer dans

1. Oh ! ma reine ! C'est un scandale !

un donjon pour lui apprendre à se conduire, comme on l'avait fait des épouses de Louis X, de Philippe V et de Charles IV.

Tant d'érudition donnait une indication sur l'auteur. Les trois personnages cités avaient été les derniers rois de la lignée des Capétiens directs, au XIVe siècle. L'emprisonnement de leurs épouses les avait privés d'héritiers.

Fersen avait remonté la piste des pamphlets jusqu'à un serviteur de Monsieur, frère du roi, c'est-à-dire le comte de Provence. Voilà l'insolent qui se permettait de répandre de faux bruits odieux ! Le beau-frère, ce gros prétentieux qui occupait ses matinées à lire et ses après-midi à comploter, pendant que le reste de la famille était à la chasse !

– Ce que c'est que d'avoir de mauvais loisirs ! dit Marie-Antoinette en brisant un éventail. La lecture ! Ce n'est pas une activité royale ! Au moins, la chasse ne fait de mal à personne !

Le comte de Provence évitait si possible de chasser depuis qu'il avait compris qu'il ne monterait jamais correctement à cheval. Encore adolescent, il avait décidé qu'il valait mieux étudier avec ses précepteurs qui louaient son intelligence, plutôt qu'apprendre à sauter des barrières sous les quolibets du Grand Écuyer de la Couronne qui le traitait de « patapouf ».

Quand sa colère se fut apaisée, un autre motif d'inquiétude se présenta à la reine. Les yeux de ses dames papillonnaient autour du sauveur. Elles avaient toutes appris avec quelle maestria il avait, presque seul, tenu tête à une armée de forbans retranchés dans une forteresse, pour délivrer au péril de sa vie la modiste et le coiffeur, à l'issue d'un duel épique avec le chef des bandits, une brute digne de Barbe Noire et de Caligula. Il était le nouveau Guillaume Tell, le Robin des bois venu des forêts nordiques. Ces dames n'avaient pas assez de louanges pour qualifier sa bravoure, elles préféraient lui prendre la main pour la poser sur leur poitrine afin qu'il sente leur cœur palpiter d'émotion à l'évocation de ses exploits.

Marie-Antoinette avait une grande nouvelle à lui annoncer. En récompense de ses efforts, elle avait obtenu sa nomination comme aide de camp du comte de Vaux, qui devait commander les troupes françaises envoyées aux Amériques !

Fersen irradia aussitôt de joie et de reconnaissance. Il couvrit de baisers les mains de la reine, qui rougit de confusion mais s'abstint de l'en empêcher, car il faut bien tolérer quelques écarts de conduite quand ils viennent des héros.

– Je vais partir aux Amériques ! Quel bonheur ! *Vilken glädje !*

Il se réjouissait trop vite.

– Oui, euh, à ce propos, il va y avoir un petit contretemps…, dit la reine.

Pour d'obscures raisons administratives qu'elle n'avait pas bien démêlées, il ne recevrait pas son ordre de mission avant la fin des formalités requises pour son intégration au corps expéditionnaire, ce qui retarderait un peu son départ…

– De combien de temps ? demanda le futur allié des Hurons et des Algonquins.

– De six petits mois. J'espère réduire ce délai, je m'y emploie de toutes mes forces.

Les dames qui entouraient la reine firent toutes « oui » de la tête. Seul le héros était dépité. La guerre d'indépendance avait le temps de se jouer sans lui. À ce rythme, il aurait plus vite fait de traverser l'Atlantique à la rame.

La reine pria ses dames de sortir : elle devait s'entretenir de haute politique avec l'envoyé du roi de Suède. On fit la révérence et on les laissa avec la duchesse de Fitz-James, ce qui était décent. Dès que tout le monde fut sorti, la duchesse se retira, elle aussi, ce qui l'était moins.

Marie-Antoinette disposait de quelques instants avant d'aller ouvrir le bal. Léonard avait baptisé sa création capillaire du jour « Conquérons les Amériques ! » : un navire armé de petits canons bravait les flots, toutes voiles au vent. Le bateau semblait lutter contre une tempête sur une mer blonde. Fersen demanda la permission de prendre un siège, la coiffure de la reine lui donnait le mal de mer.

Elle le fit asseoir près d'elle et le félicita.

– Vous m'avez bien servie, je suis contente. Maintenant, vous allez rester un peu à Versailles avec moi, et je le serai encore plus. Ces enquêtes, c'est salissant, vous risquez de prendre un mauvais coup, je ne voudrais pas que vous soyez empêché de partir pour les Amériques.

Un regain d'espoir naquit du côté suédois du sofa.

– Quand ça, pour les Amériques ?

– Bientôt, très bientôt. Dites-moi déjà comment vous trouvez ma coiffure. Regardez-la de plus près.

On apercevait, debout sur le pont du navire, un petit Fersen en uniforme de la garde royale suédoise.

– Que serre-t-il contre son cœur ? demanda le modèle de la miniature.

– Mon portrait. Il s'est embarqué pour un autre continent, mais à présent qu'il navigue sur les flots lointains, il pense à moi et regrette de m'avoir quittée. Et puis il a le mal de mer.

– Ah ! Madame ! s'écria Fersen avant de plonger dans le décolleté pour voir s'il s'y trouvait aussi une représentation de lui même en réduction.

Mme de Polignac toqua prudemment à la porte. Il était temps d'aller ouvrir le bal. Marie-Antoinette prit congé du Suédois et s'en fut naviguer de ce côté.

Il y avait un peu de dérangement dans sa coiffure, le navire piquait du nez, il semblait sur le point de sombrer. Les dames s'efforcèrent de le remettre d'aplomb au plus vite, Monsieur frère du roi était là, l'œil rivé sur sa belle-sœur, la navigatrice en eaux troubles.

Le lendemain, le comte de Provence décida de passer à l'attaque. Tant qu'il n'y avait pas de dauphin[1], il était l'héritier du trône, on lui faisait des courbettes ; dès que la reine aurait accouché d'un garçon, c'est au bébé qu'on en ferait. Marie-Antoinette n'était pas sa seule cible possible. Devait-il arriver quelque chose au roi…

Justement Louis XVI traversait la galerie. Provence l'aborda.

– Une partie de chasse, mon frère ?

Par bonhomie, Louis XVI avait autorisé ses deux cadets à l'appeler « mon frère » au lieu de « Sire » ou de « Votre Majesté ». L'idée que Provence se propose de monter à cheval éveilla sa méfiance.

– Pourquoi pas ? répondit-il.

Contrairement à son cadet, Louis était toujours d'accord pour aller embêter les cerfs, les faisans et tout ce qui peuplait ces bois. On le croyait idiot parce qu'il aimait les activités manuelles, mais il commençait à apprendre son métier de roi, et puis il connaissait son frère. Pour placer des gens à lui aux postes importants, Provence fomentait constamment de petits complots qui faisaient toujours *plouf*.

1. Titre du fils aîné du roi.

Le roi et ses conseillers le voyaient arriver à vingt lieues avec son gros ventre.

La veille, Provence avait retenu une belle jument au front marqué d'une étoile blanche, bien que le Grand Écuyer de France l'eût mis en garde.

– Au lieu de sauter l'obstacle, Sultane se cabre, elle renverse son cavalier, je ne la recommanderais pas à Votre Altesse royale. Nous aurions besoin d'un mois pour l'accoutumer à obéir.

– C'est inutile, dit Provence, elle est parfaite.

Au moment de partir chasser, il dit au roi :

– On m'a prévenu que cette belle jument était un peu rétive, mais je ne doute pas qu'un cavalier tel que vous ne la dompte en un jour. Elle cédera sous la puissance du sceptre, comme toute chose !

Le roi ayant accepté la jument sans sourciller, Provence se fit hisser sur la monture qu'on lui amenait – ce qui nécessitait un tabouret, un escabeau, quatre valets et, parfois, un treuil.

Le début de la chasse fut agréable, bien qu'il commençât à pleuvoir un peu. Les cavaliers galopaient sur les chemins forestiers au son des cors et des aboiements de la meute.

Au premier obstacle, la jument du roi sauta sans hésiter. Celle de Provence se cabra et le fit chuter. Monsieur tomba dans la boue, qui constituait heureusement un terrain très meuble. Après avoir manqué se rompre le cou, il se releva péniblement avec l'aide de quelques solides piqueurs. Quand il voulut remonter sur le maudit animal, il vit sur le front de celui-ci… une étoile blanche dissimulée sous du cirage que la pluie délavait.

Le roi passa, suivi de ses gens et du trophée : la dépouille d'un sanglier ficelée sur une charrette.

– Pas trop de mal, mon frère ?

– Pas du tout, mon frère, répondit Provence. Un méchant farceur m'aura fait une plaisanterie de mauvais goût.

– D'aussi mauvais goût que les pamphlets qui attaquent ma femme, répondit Louis XVI en lançant sa monture sur la route de Versailles.

– Saperlipopette ! grommela Provence, que ses gens tâchaient de hisser sur sa selle à la force des bras.

19

L'effet Pygmalion

Rose et Léonard avaient repris le train-train de la coiffure et de la mode. Il fallait veiller à ce que leurs affaires ne périclitent pas pendant qu'ils œuvraient pour les intérêts de la reine, du royaume et de la maternité.

Grâce à eux, les anciens ateliers de teinturerie ne serviraient plus à piéger de pauvres Noirs guettés par l'esclavage. La journée avait été fructueuse. Avoir démantelé un réseau d'affreux ne les avançait pas beaucoup dans leurs recherches, dont le thème principal était : « Qui en veut au pot au lait de la fermière ? » Mme Cottin de Melville n'allait pas être satisfaite de leurs résultats. La reine non plus.

Un beau carrosse s'arrêta entre le Grand Mogol et le salon de coiffure. Un laquais monté à l'arrière vint les chercher, sa maîtresse désirait entendre leur rapport.

La banquière s'adressa à eux depuis la fenêtre de sa portière, ils se sentirent tout petits face à la grandeur de la haute finance. Elle s'impatientait. La date de renouvellement des contrats de ferme approchait et les intrigues de cour redoublaient de virulence contre elle.

Ils affirmèrent avoir connu de belles réussites : ils avaient mis fin à un trafic d'êtres humains, ils avaient empêché un monstre de nuire et, surtout, ils avaient sauvé leur peau.

Comme ils l'avaient prévu, Mme Cottin de Melville resta de marbre.

– Je vous demande de me dire qui s'en prend à mon contrat des postes et vous faites arraisonner un nuisible. Je vous demande de démasquer celui qui se fait passer pour mon mari, et vous me débusquez une troupe de Nègres, ou de Blancs, je n'ai pas bien compris. Je ne suis pas ravie-ravie.

Il était temps d'orienter leur surveillance sur les fermiers généraux véreux qui s'en prenaient à elle. La naissance d'un bébé royal en dépendait.

– Tâchez de ne plus vous laisser distraire par des détails d'enlèvements, d'assassinats ou de je ne sais quoi ! Concentrons-nous sur les choses importantes : mes problèmes.

Quand on vient de risquer sa vie pour la bonne cause, c'est dur à entendre. Rose commençait à ne plus supporter la fermière.

– Alors dites-nous-en davantage sur votre mari ! rétorqua-t-elle. Donnez-nous quelque chose ! Ce n'est pas en veillant jalousement sur vos secrets que vous nous aiderez ! Parlez-nous de cette somme qui a disparu en même temps que lui, l'argent est plus facile à suivre que les hommes.

De l'avis de la veuve, cette piste était une impasse, il n'y avait rien à espérer. Son défunt était très habile à dissimuler ses fonds.

– Mais il y a quelque chose d'encore plus facile à suivre que l'argent, dit-elle : ce sont les femmes. Avez-vous interrogé toutes ses maîtresses ?

Ils n'avaient pas terminé la liste qu'elle leur avait remise. Louison était morte, restaient Ernestine et une certaine Annette sur qui ils n'avaient pas encore mis la main. Elle les encouragea à creuser de ce côté et fit signe à son cocher de lancer ses chevaux.

Rose et Léonard regardèrent s'éloigner le beau carrosse, puis la modiste accompagna le coiffeur dans son salon, car elle souhaitait faire le point avec lui et il avait laissé une dame en plan au milieu de ses papillotes.

Lorsque Rose avait rencontré Ernestine, la logeuse de Louison, lors de la veillée funèbre, cette femme avait mentionné spontanément le fermier général Cottin. Rose avait voulu en parler à Léonard, mais cet idiot avait disparu de la soirée au prétexte qu'il s'était fait enlever par Saint-Avit, puis il l'avait embrouillée avec un flot de renseignements qui ne les avaient menés qu'à Elisène et à une montagne de soucis.

– Vous m'avez fait perdre le fil, avec vos histoires, lui reprocha-t-elle.

– Dites tout de suite que c'est ma faute ! protesta le coiffeur.

– Pourquoi le dire puisque vous l'avez compris tout seul ?

– Vous feriez mieux de remettre la main sur votre Ernestine et de lui tirer les vers du nez !

– Vous lui tirerez ce que vous voudrez, dit Rose, elle va venir chez vous tout à l'heure.

Rose avait pris les devants. Elle lui avait donné un rendez-vous pour des soins capillaires gratuits dans un salon de luxe, autrement dit dans le salon de Léonard. Quelle femme résisterait à l'appel de la blondeur et de l'extension ?

– La pauvre a les pointes qui fourchent.

– Vous ne pouviez pas lui donner rendez-vous dans un lieu discret ? dit Léonard. Dans un café, par exemple ?

– La dernière fois que nous avons eu rendez-vous dans un café, le cafetier a essayé de nous découper en morceaux, lui rappela la modiste.

– À propos, dit Léonard, qu'est-ce qu'une « bertine », en fin de compte ?

– C'est une entourloupe astucieuse et imparable, répondit la modiste. D'autant plus imparable qu'elle n'existe pas.

Léonard ne doutait pas de son efficacité, il en dégustait plus souvent qu'à son tour, des « bertines ».

La dame dont il était en train de peaufiner le chignon pointa le doigt sur la devanture.

– Il y a quelqu'un qui me regarde me faire coiffer ! C'est indécent !

De l'autre côté du carreau, une femme vêtue d'une robe miteuse hésitait à entrer.

Léonard leva les yeux au ciel.

– J'avais cru à une plaisanterie.

Ses deux frères voulurent faire déguerpir l'intruse, il fut obligé de s'interposer.

– Madame est une cliente.

Le personnel et la dame en train de se faire poser une choucroute sur la tête le regardèrent avec des yeux ronds ouvrir la porte pour inviter la pauvresse – qui n'était autre qu'Ernestine – à venir s'asseoir dans l'un des fauteuils.

Il murmura à l'oreille de sa cliente :

– C'est la sœur de lait du prince de Monaco, je ne pouvais pas refuser…

– Ah ! bon ? dit la dame. Quand je pense que j'ai attendu trois semaines pour obtenir un rendez-vous ! Je passerai par ma sœur de lait, la prochaine fois.

Il renifla en se demandant d'où venait cet effluve terreux.

– Je me suis parfumée pour venir vous voir, dit Ernestine. À la violette.

– À ce degré-là, ce n'est plus un parfum, c'est une odeur.

Son maquillage épais se fissurait aux endroits ridés. Sous le bonnet, Léonard découvrit un cheveu rare et cassant.

– J'ai peur d'avoir négligé ma toison, ces derniers temps..., dit la visiteuse.

Il avait entre les mains des mèches informes, sans couleur définie, qui pendaient lamentablement comme des lézards morts. Il prit prétexte d'aller chercher du matériel pour se plaindre à la modiste.

– Vous voudriez que ces doigts qui touchent les cheveux de la reine se vautrent dans ce tas de foin moisi ?

– Le service de la reine ne consiste pas seulement à donner un coup de peigne à Sa Majesté. Souvenez-vous.

– Je vais déléguer.

– Mais non, nous sommes irremplaçables. Allez, je vous laisse opérer vos miracles, dit-elle en s'en allant.

De l'avis de Léonard, le miracle aurait été d'être débarrassé de la modiste, mais le Bon Dieu lui-même avait apparemment ses limites.

Il se résigna à coiffer la logeuse avec l'intention de la cuisiner en même temps. Il fallait couper ce qui était perdu, revivifier ce qu'on pourrait, donner une forme à ce paquet, ranimer la couleur, lui imprimer de la vigueur, de la fraîcheur, du lustre...

– Avez-vous des désirs particuliers ? demanda-t-il.

– J'aimerais bien quelque chose comme madame, dit-elle en désignant l'autre cliente.

– Ah ! Une coiffure pour aller au bal de la duchesse de Noailles, donc.

Il avait plutôt à l'esprit quelque chose de plus commode pour la vie de tous les jours. Hélas ! le jardinage et le moissonnage n'étaient guère dans ses attributions.

Il faisait imprimer des brochures à l'attention des habitants des autres villes, car il estimait que le luxe ne devait pas être réservé à Versailles, surtout s'il y avait des gens pour acheter ses brochures. Il fouilla dans la collection mise à la disposition de la clientèle qui patientait. Il laissa de côté « Coiffures pour les jours de fête », « Le deuil n'a pas besoin d'être triste », « Meringues pour baptêmes et mariages », et arrêta son choix sur « Le chignon facile pour les débutantes ». Il montra une gravure à Ernestine.

– Oui, mais avec quelque chose de plus, s'il vous plaît. Je voudrais pouvoir dire que je sors de chez le fameux Léonard.

Le fameux Léonard sentit des crampes lui vriller l'estomac. Il était donc voué à connaître la célébrité depuis Versailles jusqu'aux ruelles.

– Une petite collation ? suggéra-t-il. Nous avons des liqueurs délicieuses.

Ernestine hésita.

– En temps normal, j'évite de boire. Sinon je dis des bêtises.

Vu sa couperose, il s'en serait douté. Il fit signe aux apprentis de vider le bar et réclama des postiches, beaucoup de postiches.

Pour la mettre en confiance, il se vanta d'avoir fait arrêter un trafiquant d'esclaves : pour une fois qu'il accomplissait un exploit, il fallait le trompéter.

– Vous travaillez pour la maréchaussée, alors ? en conclut Ernestine.

Il comprit que la cote des héros du maintien de l'ordre n'était pas très haute dans le quartier où elle vivait.

– On m'a dit que vous en saviez long sur M. Cottin de Melville, dit-il en crêpant avec ardeur.

– Il est mort, dit Ernestine.

– Oui, je sais. J'espérais que vous m'en diriez plus.

Ernestine le vit d'un œil inquiet reposer les postiches sur le plateau. Elle était fatiguée de se couvrir de pauvres coiffes de dentelle à une époque où la mode consistait à exhiber des crinières. L'appel de la perruque fut le plus fort. Elle admit qu'elle avait été la maîtresse du fermier général, il y avait longtemps de cela.

– Oh ! fit le coiffeur. Mes condoléances, alors.

Difficile d'imaginer le riche financier intéressé par cette dame que la dureté de la vie avait usée. Il posa sur elle un regard neuf. Elle devait avoir eu de bien meilleurs jours avant de sombrer dans la tristesse et dans la solitude. Il eut tout à coup l'intuition de la coiffure qu'il lui fallait et défit tout.

– Vous ne me faites plus un chignon ? s'étonna-t-elle.

– J'ai une meilleure idée.

Il demanda à un assistant de la débarbouiller pendant qu'il nouait, bouclait, frisait ou tressait les postiches. L'apprenti nettoya à l'aide de compresses ce visage plâtré avant d'appliquer les pommades et les fards d'une manière plus satisfaisante.

– Si vous vous intéressez à Cottin, dit Ernestine, j'ai quelque chose pour vous.

Elle sortit de son sac une de ces gravures que Léonard avait déjà vues, mais qui, cette fois, était entière. On pouvait y admirer le modèle en pied. Le coiffeur fut tellement surpris qu'il laissa tomber au sol peigne et ciseaux. Toutes les personnes présentes dans le salon se pressèrent autour de lui pour échanger des commentaires.

– Eh bien, dites donc ! dit Léonard. Sa veuve ne m'a pas montré ça !

– Cette femme est une relique merdeuse, dit sobrement Ernestine.

Elle avait toujours détesté la fermière. Au début de sa relation avec Cottin, ce dernier souffrait de pannes sexuelles qu'il attribuait à ses mauvais rapports avec sa femme. Heureusement, les autres dames qu'il s'était mis à fréquenter avaient arrangé ça, comme on pouvait voir.

– On a souvent des problèmes conjugaux quand on épouse une personne beaucoup plus jeune, dit Léonard.

– Plus jeune ? dit Ernestine. Elle a cinq ans de plus que moi !

C'était difficile à croire, la fermière générale paraissait dix ans de moins que la femme assise dans ce fauteuil.

– Mme Cottin de Melville m'a donné l'impression d'avoir une grande fermeté d'âme, dit Léonard.

– Si vous sous-entendez que c'est une horrible peste, je suis d'accord. Elle faisait tout pour détruire les maîtresses de son mari. Je suis sûre qu'elle serait capable de tuer. D'ailleurs Cottin la craignait.

– Pensez-vous qu'il puisse être vivant ?

– Si sa femme s'en est prise à lui, sûrement pas.

Elle réfléchit un instant.

– Si vous cherchez quelqu'un de pire qu'elle dans le métier, il y a Cornuchon. Il est plus acide que ses vinaigres. Il fournissait Cottin en maîtresses, il est très connu dans le monde des filles faciles : les grisettes, les danseuses, tout ce qu'un riche fermier général peut s'offrir… Il connaît tout. Quand il ne veut plus d'elles, il les place chez ses amis. S'il n'avait pas fait fortune dans les vinaigres, il aurait été le plus grand souteneur de France !

– C'est fou le monde qu'ils font vivre, ces messieurs, dit Léonard.

Les mécènes encourageaient les artistes, les autres les petites femmes. C'étaient éventuellement les mêmes.

– La Cottin aimerait mieux mourir que voir Cornuchon lui prendre son contrat de ferme, poursuivit Ernestine. Du vivant de son mari, elle se battait déjà bec et ongles pour faire tourner leur maison de finance. Elle a toujours été le véritable fermier général. Plus elle dirigeait les affaires, moins Cottin s'en occupait. Il passait la majeure partie de son temps avec ses conquêtes alors qu'elle prenait le pouvoir dans ses bureaux !

– Savez-vous qui était sa maîtresse au moment de sa disparition ?

Sa dernière maîtresse se nommait Annette, ce qui était conforme à la liste dressée par la veuve, une femme décidément très bien informée. Annette tenait aujourd'hui dans le quartier Saint-Paul une petite boutique de fleurs dont Léonard s'empressa de noter l'adresse. Si quelqu'un était susceptible d'avoir revu le fermier général en suaire et en os depuis sa mort, c'était bien elle.

Le coiffeur posa son peigne et réclama un miroir. Ernestine était transfigurée ; les frères de Léonard, stupéfaits.

– Tu l'as complètement changée !

– Non : je lui ai rendu son vrai visage.

Elle avait recouvré une part de la beauté qui avait séduit Cottin de Melville. Ils en eurent la preuve quand elle fondit en larmes.

Rose entra dans le salon pour venir aux nouvelles.

– Alors ? Vous l'avez fait parler, la vieille bique ?

Léonard désigna Ernestine méconnaissable.

– Pardon, madame, dit Rose, avant d'ajouter tout bas : Alors, elle a parlé, la ruine de tout à l'heure ?

Au deuxième coup d'œil, elle comprit qui se tenait dans ce fauteuil, elle reconnaissait la tenue, non celle qui la portait. Les mines gênées autour d'elle n'arrivèrent pas à la troubler. Quand on est tombé de cheval, il n'y a plus qu'à remonter en selle aussi vite qu'on peut. Elle tendit la main à la logeuse magnifiée et dit avec le genre de sourire qu'elle réservait aux duchesses :

– Laissez-moi vous offrir le bonnet qui s'harmonisera avec votre nouvelle coiffure, chère madame.

Avant de quitter le salon, la visiteuse à son bras, elle fit signe au coiffeur qu'ils se verraient tout à l'heure pour faire le point sur les informations récoltées auprès d'Eurydice ressuscitée d'entre les moches.

20

Annette, pâquerette et ciboulette

Rose et Léonard guettaient la boutique de fleurs d'Annette, la dernière maîtresse du fermier général disparu. La façade venait d'être repeinte, elle était attrayante et l'on apercevait de jolis arrangements floraux à l'intérieur.

Rose décida d'entrer seule, elle s'estimait mieux à même d'obtenir les confidences de la jeune femme.

– Vous voulez rire ? protesta Léonard. Avez-vous idée de la masse de choses que l'on raconte à son coiffeur ? Nous sommes les premiers confidents, nous apprenons tous les péchés avant les prêtres !

– Une de vos clientes vous a-t-elle déjà parlé de sa cellulite ? objecta Rose. Vous soignez leur tête, moi, je vois leurs cuisses.

– C'est bon, allez-y. S'il s'agit de parler cellulite, mieux vaut envoyer une spécialiste.

– Pilobouffi[1], dit la modiste en traversant la rue.

L'ultime béguin de Cottin de Melville était une charmante blonde à la peau laiteuse capable de rivaliser avec n'importe quelle fleur de sa boutique.

– Je suis Rose Bertin, la modiste de la reine…

Elle faisait toujours une pause pour savourer l'effet de ces mots sur ses interlocuteurs.

– Entrez donc ! dit la fleuriste. Quel honneur ! Soyez la bienvenue !

– J'aimerais vous commander des fleurs pour mes salons.

– Avec plaisir ! Il n'y a rien de tel que de beaux bouquets pour égayer un commerce.

– Oui, voilà, parce que les tissus, c'est triste, répondit l'artiste en bonnets et accessoires. Vous êtes votre propre patronne ?

Annette répondit qu'elle s'était acheté ce petit magasin trois ans plus tôt.

« Juste quand le fermier général s'est noyé », songea Rose. La sirène n'avait-elle pas trempé dans la noyade ? Tous ces pétunias et ces géraniums étaient éminemment suspects. De toute évidence, la jeune femme s'était trouvé un autre protecteur depuis lors. La disparition de l'un et l'arrivée de l'autre n'étaient-elles pas concomitantes ?

– D'où êtes-vous, ma chère ?

1. Ivrogne à gros nez rouge.

– Je suis une fille de Garches, répondit Annette.

– C'est mieux qu'une fille de Puteaux.

Tout en discutant de la commande, Annette prenait des notes à la craie sur une ardoise.

– Puis-je vous demander qui vous envoie ? demanda-t-elle.

Rose répondit qu'elle était une relation des Cottin de Melville. Annette frémit.

– Ne vous troublez pas, ma chère, je sais que vous étiez très liée avec monsieur, cela n'a rien de honteux, vive l'amour !

Annette opina du chef. À une époque où elle ne savait pas trop quoi faire de sa vie, le riche financier l'avait prise sous son aile. Il était très gentil et c'était l'homme le plus intelligent qu'elle ait rencontré.

Rose lui fit confiance sur ce point, elle devait en avoir rencontré beaucoup.

– Cottinet devinait tout à l'avance : les réactions des gens, ce qui allait se produire et comment s'y préparer. Il me racontait tout, à moi, et rien à sa femme. Elle se montrait odieuse avec lui.

« Habile façon de détourner les soupçons vers la Cottin », se dit Rose.

Il lui avait fait de beaux cadeaux, dont le plus coûteux avait été ce commerce. Puis il était parti en voyage d'affaires et avait disparu en mer.

– Je lui disais toujours : « Ne voyage pas tant ! Tu diriges la ferme des postes, envoie une lettre ! »

– Avez-vous entendu les rumeurs selon lesquelles il serait de retour à Paris ?

– S'il était vivant, pourquoi reviendrait-il après si longtemps ? Ce n'est pas logique, non ?

Rose lui laissa le monopole de la logique. Elle contemplait les fleurs, des pensées, d'un air pensif. Annette cessa subitement de couper des tiges.

– Il y a un bonhomme qui nous guette depuis l'autre côté de la rue. J'ai horreur des pervers ! Je vais alerter la garde.

Rose jeta un coup d'œil et vit Léonard.

– Vous avez raison, c'est un pervers. Inutile de déranger la garde, je vous en débarrasserai quand je m'en irai. J'ai un pavé dans mon sac à ouvrage, c'est très efficace si l'on choisit bien où frapper.

Depuis son poste d'observation, Léonard vit approcher un colosse qui ne lui avait pas laissé un bon souvenir à leur première rencontre. C'était Campogne, l'un des deux hommes de main de Saint-Avit. Le coiffeur avait assommé son compère Pissavain avec un seau dans la cave de l'hôtel en construction. Campogne venait-il pour le venger ? Le coiffeur se rencogna dans une porte cochère en se demandant s'il ne ferait pas mieux de déguerpir.

Campogne entra dans la boutique de fleurs, dont la clochette émit un son plus harmonieux que celui de sa voix :

– Je dérange ?

– Je termine avec Mlle Bertin qui est venue passer commande.

– Vraiment ? dit Campogne en jaugeant la modiste. Je suppose que ça n'a aucun rapport avec vos recherches pour Mme Cottin de Melville ?

Annette s'étonna, sa cliente n'avait pas mentionné son lien avec la veuve de son amant.

– Ta Bertin a été engagée par la Cottin. Son complice était enfermé dans la cave de Saint-Avit, il s'est échappé en assommant Pissavain.

Annette tira de ce discours des conclusions très pratiques.

– Mais alors... Ma commande...

– Vous pouvez y compter, s'empressa de promettre Rose, j'adore les fleurs !

De l'autre côté du carreau, Léonard lui faisait des signes pour lui dire de filer, tout en cachant son visage derrière son tricorne, ce qui limitait beaucoup ses facultés d'expression.

– Je m'occupe du ouistiti, dit Campogne.

Un instant plus tard, il était de retour dans la boutique, le ouistiti au bout du bras. Il le déposa à côté de Rose.

– Je ne comprends pas bien, dit la modiste tout bas à Léonard.

– C'est Campogne, le bras droit du fermier général Saint-Avit. Pour ce qui est du bras gauche, je l'ai laissé évanoui dans une cave.

– Je vous le confirme, dit Campogne. Pissavain sera heureux de vous voir quand il sortira de l'Hôtel-Dieu et qu'on aura ôté le pansement de son crâne.

– C'est un malheureux accident ! se défendit le coiffeur.

Après un regard circulaire, Campogne choisit un balai avec l'intention probable de causer un autre malheureux accident. Rose crut opportun de tirer de son sac le pistolet d'or expertisé par le Châtelet, celui que Léonard avait piqué à Pissavain après l'avoir assommé.

– Vous êtes merveilleuse ! dit le coiffeur. Je vous embrasserais !

– Pas de léchouilles, attention, j'ai mis cinq balles !

Puisqu'elle était en position de force, l'heure était venue de réclamer des informations de première main sur les menaces contre les intérêts de la veuve.

– Premier point. Est-il vrai que votre patron convoite le contrat des postes ?

Campogne fit signe que oui.

– À voix haute ! cria Léonard, ivre de la puissance que lui conférait le pistolet de son acolyte. Je ne lis pas sur les lèvres !

Campogne avoua que Pissavain et lui avaient ordre d'intimider la Cottin pour qu'elle renonce à faire renouveler son contrat à l'échéance. Saint-Avit ne supportait plus de gérer les taxes sur les tabacs, cette branche morte de la fiscalité. Il ne s'enrichissait pas assez vite pour combler les trous de son hôtel. Les fuites au plafond le rendaient fou.

– Il n'y a pas qu'au plafond que cet homme a des fuites, dit Léonard.

– Il n'est pas toujours maître de lui, admit Campogne. Il a fait plusieurs séjours dans de discrètes maisons de repos pour personnes fatiguées du cigare, mais ça n'a pas fait un tabac. Pourtant il n'avait pas mégoté sur les frais.

– J'avais remarqué que ça fumait sous sa perruque, dit le coiffeur.

– Deuxième point, reprit Rose. Confirmez-vous que Saint-Avit a assassiné Cottin de Melville il y a trois ans ?

Le gorille eut un mouvement de recul.

– Qui a dit ça ?

– C'est un bruit qui court, affirma la modiste. Bien des gens en parlent ouvertement. Les concurrents de votre patron, par exemple. M. Cornuchon raconte à qui veut l'entendre que Saint-Avit ne joue pas franc-jeu et qu'il faudrait se débarrasser de lui.

Campogne parut réfléchir à ce qu'elle venait de dire, mais il cherchait plutôt un moyen de renverser les rôles, car un pot de géraniums décolla dans leur direction pour s'écraser contre le mur. Rose estima que l'entrevue avait assez duré, elle fila vers la porte et regagna la rue, le coiffeur derrière elle, sous une pluie de pétunias.

À peine avaient-ils fait quelques pas que Rose poussa Léonard dans un renfoncement et se plaqua contre lui.

– Vous aviez dit « pas de léchouilles », lui rappela-t-il.

– Arrêtez de bouger une minute si vous pouvez, je voudrais vérifier quelque chose.

Ils ne tardèrent pas à voir Campogne passer au pas de course.

– J'en étais sûre. Il court alerter Saint-Avit ! Ça a marché !

– Qu'est-ce qui a marché ?

– Vous avez l'esprit de plus en plus lourd, dites-moi.

– C'est votre parfum, il me donne mal à la tête, je risque le rhume de cerveau.

– Où ça, un cerveau ? Campogne va transmettre à son patron la rumeur que je viens de lancer : il va lui dire que Cornuchon l'accuse d'avoir éliminé Cottin et souhaite lui faire subir le même sort. Ça va mugir dans la ferme.

– Vous pensez donc que Saint-Avit a tué Cottin de Melville ? dit Léonard.

– Comment voulez-vous que je le sache ? On ne sait même pas si Cottin de Melville est mort ou ressuscité !

– Mais alors… Mais alors… Vous avez…

– Oui, dit Rose. J'ai menti.

Elle mentait sur ses dons de couturière, elle mentait sur le meurtre du fermier général… Combien de mensonges, encore ? Dieu seul sait sur quels sujets elle disait la vérité ! Léonard se demanda s'il connaissait vraiment la personne contre qui il se serrait à cet instant. Qui était-elle ? Lui avait-elle jamais montré son vrai visage ?

Elle lui donna un coup de genou et le repoussa brutalement. Tout doute fut levé, il avait bien affaire à Rose Bertin.

21

Opération bébé

Marie-Antoinette reçut à nouveau le comte de Fersen en privé pour s'entretenir de politique scandinave appliquée à sa vie sentimentale. Le bel Axel se mit à lui embrasser les mains avec passion, ce qui fait toujours plaisir quand on donne de sa personne pour resserrer les nœuds de l'amitié franco-suédoise.

– Je vous adore, je vous adore, je vous adore ! *Jag älskar dig !*

– Oui, oui, nous savons cela. Alors ? Comment avance la petite mission que je vous ai confiée ?

– Votre coiffeur est un filou et votre modiste une vora… une viri…

– Une virago ?

– Voilà. Ils sont d'une moralité douteuse et leur enquête n'aboutira jamais.

– C'est fâcheux. Vous devriez les aider davantage.

– Motivez-moi !

Marie-Antoinette consacra le quart d'heure suivant à essayer de le convaincre de faire un bébé royal, mais, soit qu'il craignît de créer un incident entre Paris et Stockholm, soit qu'il ne se sentît pas encore prêt pour une paternité royale, rien de très satisfaisant n'advint de ce côté.

– Alors ? demanda la duchesse de Fitz-James quand elle récupéra la reine à peine plus bousculée qu'elle ne l'avait laissée. Vous lui avez expliqué ?

– Apparemment, il a des lacunes en français, dit Marie-Antoinette.

Au même moment, Louis XVI empruntait les derrières, ces corridors secrets qui lui permettaient de circuler sans rencontrer ses sujets, bien qu'il fût malséant pour le roi de France de filer à l'anglaise. Il avait ainsi rejoint le cabinet noir, un réduit sans fenêtre où son grand-père Louis XV avait l'habitude de consulter avec le comte de Broglie les courriers de ses agents de l'étranger.

À l'insu de tous, Louis XVI avait maintenu une politique de l'ombre. Il soutenait les insurgés américains via une maison de commerce factice nommée « Hartalez & Cie » créée par Beaumarchais. Comme il traitait là sa correspondance, la pièce avait été rebaptisée « cabinet des Dépêches ». Il y conservait aussi sa collection de montres dans une petite vitrine de Riesener, bien certain qu'on ne viendrait pas les lui dérober ici – le château de Versailles était un vaste moulin, le Grand Prévôt ne cessait de courir après les aigrefins qui vidaient les tiroirs de la monarchie.

Parmi les dépêches du jour s'en était glissée une qui ne concernait pas les mille moyens d'affliger le roi d'Angleterre. Sur un papier anonyme, une écriture élégante et néanmoins perfide accusait la reine d'avoir des bontés pour un certain jeune homme qui se promenait dans les galeries en tenue de la garde royale suédoise.

Louis XVI ouvrit la porte qui le séparait du cabinet voisin où travaillait son ministre de la Guerre, le prince de Montbarrey.

– Avons-nous un M. de Fersen qui hante le château, vêtu d'un uniforme suédois ?

– Je crois que ma femme m'en a dit un mot, Sire. Ce jeune homme sollicite l'honneur de servir Votre Majesté aux Amériques.

– Très bien. Vous ferez donner à M. de Fersen un brevet pour s'embarquer au plus tôt avec M. de Rochambeau. Il ne faut pas contrarier les aspirations de la jeunesse.

Le prince de Montbarrey envoya un secrétaire porter le brevet au monsieur très reconnaissable qui faisait les cent pas dans la galerie.

– Monsieur, Sa Majesté vous fait donner ce brevet pour aller à la guerre.

Le cœur d'Axel de Fersen se gonfla de reconnaissance.

– Vous remercierez la reine.

– Cela vient du roi.

Fersen fut étonné. On ne lui avait pas dit qu'à la Cour on se faisait des amis sans même s'en douter. Son brevet à la main, il sortit sur la terrasse, prit une grande inspiration et cria :

– La Fayette, me voilà !

Inconsciente des calamités qui menaçaient, Marie-Antoinette s'en préparait d'autres d'un genre différent. Une réunion se tenait dans ses salons au sujet de l'opération « bébé ». Elle avait beau s'asseoir tous les jours sur son baquet de limaille, elle n'était toujours pas enceinte.

– C'est mon mari qu'il faudrait magnétiser !

– Si le magnétisme échoue, dit Mme de Polignac, il y a encore l'autre méthode… La méthode Fersen…

Ces dames étaient décidées à établir un plan d'attaque du glacier suédois quand l'intéressé se présenta justement.

– Deux visites dans la même journée ! dit la duchesse de Fitz-James. Ce n'est plus de la tendresse, c'est de la rage !

À peine entré, il se jeta aux genoux de sa protectrice.

– Madame, j'ai pris la résolution de ne me marier jamais !

– Très bonne idée ! Que faites-vous ce soir ?

– Je m'embarque pour les Amériques ! Dans trois jours je serai à Brest !

À choisir, elle aurait préféré qu'il se marie et qu'il reste. Devant une telle contrariété, il n'y avait qu'une attitude à adopter : elle s'évanouit. Ses dames s'affairèrent pour la ranimer.

– Portons-la sur le baquet !

La duchesse de Fitz-James se tourna vers Fersen.

– Partez, mais partez donc ! Il n'est pas séant que la reine se pâme en présence d'un homme !

Quand elle reprit connaissance, il était en route pour les ports de l'Atlantique. Il avait été nommé colonel d'infanterie sous les ordres du comte de Rochambeau.

– Mon Dieu ! dit Marie-Antoinette. Ils vont me le scalper !

Mme de Polignac n'avait pas d'inquiétude pour la chevelure de M. de Fersen, à ce qu'elle savait, les troupes restaient le plus souvent sur leurs navires en rade de Boston sans toucher un fusil. Les dangers qui le guettaient étaient plutôt l'ennui, le mauvais whisky et les maux de Vénus.

– Bon, dit la reine. Mais ce n'est pas gagné pour tomber enceinte. Mon bébé n'est pas dans la poche.

Plus elle fréquentait Fersen, plus il lui était paru pénible de devoir coucher avec le roi.

– Moi ! Une archiduchesse ! Me faire tripoter par un gros balourd !

– Le roi de France, Madame, lui fit observer Mme de Fitz-James.

– Et en échange de quoi ?

– D'une couronne.

– Elle ne tient même pas sur ma nouvelle coiffure ! Il serait temps de scandinaver un peu la monarchie française.

– Madame, toutes les reines de France ont su faire leur devoir. Les rois aussi. Même sans plaisir.

– Il faudrait expliquer cela à mon mari. J'ai bien vu la partie « sans plaisir », je n'ai pas vu souvent la partie « faire son devoir ».

C'était un point que l'on pouvait améliorer.

Le lendemain, alors que Louis XVI cheminait benoîtement de sa collection de montres à son atelier de serrurerie, une dame de sa femme vint le prévenir que la reine était tombée dans sa baignoire. Il accourut et entra dans la salle de bains alors qu'elle sortait de l'eau aussi vêtue que l'Aphrodite de Botticelli sur son coquillage. Cette alcôve était décorée de fresques « façon Pompéi », tandis que la baignoire ressemblait à un tombeau romain dont l'intérieur aurait été doré.

On avait passé une heure à la préparer. Léonard l'avait coiffée « sortie de bain », ses cheveux tombant sur ses épaules en d'harmonieuses vagues dorées, et Rose avait conçu des voilages translucides qui la faisaient paraître plus nue que si elle avait été nue.

– Oh ! Louis ! Je ne m'attendais pas à votre visite ! Vous me surprenez en déshabillé !

– C'est donc là ce qu'on appelle un déshabillé ? Je n'en avais jamais vu.

« J'espère bien », pensa la reine.

– J'aimerais vous parler d'une fête surprise organisée pour vous, dit-elle.

– Mais ça va me gâter la surprise ! protesta son mari.

– Ne vous inquiétez pas, mon ami, vous aurez bien la surprise !

Ayant tiré sur un cordon qui défaisait le vêtement d'un seul mouvement, elle se trouva vraiment nue et lui vraiment surpris.

Quand il quitta la salle de bains, une demi-heure plus tard, le roi ordonna aux serviteurs de garder le secret sur cette rencontre. Le seul informé devait être le premier médecin, qui aurait à surveiller si la reine était enceinte.

– À quel rythme, cette surveillance ? demanda Marie-Antoinette quand elle le sut.

Le roi voulait qu'on « s'assure des choses » avant d'en parler. « Les choses », c'était son ventre.

– Quand je suis arrivée à Versailles, il me parlait de mon cœur. Puis il m'a parlé de mes parties intimes. Aujourd'hui il me parle de mon ventre. Il n'en a que pour mes entrailles ! Et on s'étonne que j'essaie de m'occuper de ma tête !

– Devrons-nous préparer la salle de bains pour demain, Madame ? demanda la première femme de chambre.

– Oh ! tablons plutôt sur un rythme hebdomadaire. C'est mon mari, pas un cheval de course.

« Bon, voilà, c'est fait », se dit-elle avant de retourner aux affaires intéressantes de la journée.

22

L'ânesse et l'éléphant

Rose et Léonard allèrent prendre un verre au café le plus proche de chez Saint-Avit. Installés autour d'une théière dont ils eurent la surprise de constater qu'elle contenait vraiment de la tisane, ils s'engagèrent, à portée d'oreille du cafetier, dans une conversation sur les fermiers généraux. Mais oui, Cornuchon affirmait que Saint-Avit avait tué Cottin de Melville. Il en avait les preuves ! Il les montrait à qui voulait ! Ce Saint-Avit était un forcené !

À mesure qu'ils passaient de taverne en taverne et qu'ils goûtaient les spécialités de chacune, qui n'étaient pas toujours de la camomille, leurs propos s'émaillaient de détails de plus en plus croustillants. Saint-Avit était un malade qui rôdait la nuit à la recherche d'enfants à enlever pour les vendre comme esclaves au Canada. Cornuchon, qui tenait l'information de source sûre, avait fait le vœu d'obtenir son internement dans un cul-de-basse-fosse de la Bastille.

À la sortie de leur cinquième taverne, ils avaient du mal à marcher droit et Saint-Avit était devenu un vampire assoiffé de sang humain.

– J'espère que ces messieurs fréquentent les débits de boisson et que nous n'aurons pas œuvré pour rien ! dit Léonard.

– Mon foie crie grâce ! renchérit Rose.

Par ailleurs, aussi bien dans la coiffure que dans la mode, il n'était pas difficile de faire courir des bruits. Trois jours durant, toutes les dames de Paris apprirent qu'un fermier général en accusait un autre d'en avoir tué un troisième. Si tout cela était un tant soit peu répété, il n'y aurait bientôt plus moyen d'identifier l'origine du mensonge.

Léonard s'apprêtait à servir son petit couplet à Mme de Rohan, qu'il préparait pour une réception à Versailles, quand celle-ci déclara :

– Savez-vous la nouvelle ? Il paraît que ce pauvre Cottin a été tué par un concurrent, un furieux nommé Saint-Avit ! On prétend que cet individu s'est échappé de l'hospice de Bicêtre où on l'avait mis sous clé pour s'être permis des actes contre nature sur des ânesses !

– Des ânesses ? répéta le coiffeur.

– Oui, on m'a assuré qu'il entretient chez lui une collection de baudets pour ses orgies. Un certain

M. Cornichon aurait fait placarder des avis pour mettre en garde les maquignons qui vendent des mules à la foire de Montrouge. On se demande comment de telles horreurs peuvent venir à l'esprit !

Léonard se le demandait aussi. Dans une semaine, Saint-Avit serait accusé d'avoir poignardé Henri IV.

Dès qu'il put poser peigne et ciseaux, il s'en fut voir Rose au Grand Mogol.

– Ah ! Vous tombez bien ! dit la modiste. Je crois que notre tâche est accomplie !

– Je le crois aussi, dit le coiffeur. Ce pauvre Saint-Avit a déjà un pied au tribunal et l'autre dans la fosse.

Il avisa sur le comptoir une bouteille de vinaigre ornée d'un beau ruban.

– C'est un cadeau que je vais lui faire porter de la part de son ami Cornuchon avec un petit mot méchant, dit Rose. Ça devrait pimenter leurs relations.

Une fois montés l'un contre l'autre, ces messieurs seraient trop occupés pour nuire à la veuve, et par conséquent à la reine. En fin de compte, ces trois fermiers étaient des crapules, chacun dans son genre, aussi bien Cottin l'adultère et Saint-Avit le dément que l'avide Cornuchon, pour ne rien dire de la veuve. L'un des trois survivants connaissait forcément la vérité sur la mort de Cottin. À force de secouer le bocal, le fin mot de l'histoire finirait bien par en jaillir. Un esprit aussi agité que celui de Saint-Avit n'allait pas supporter longtemps la pression dans la marmite. En attendant l'explosion, Rose et Léonard avaient suggéré à la reine de faire surveiller l'hôtel de Saint-Avit par ses gens.

– Pensez-vous qu'elle aura envoyé des pâtissiers ou des ébénistes ? demanda Léonard.

– Nous aurons la surprise, dit Rose.

L'heure était arrivée de se rendre chez la duchesse d'Ornuchonc, qui s'était offert leurs services à prix d'or pour briller à une première à l'Opéra. Une fort belle voiture s'arrêta devant leurs boutiques et ils s'y installèrent.

Tandis qu'ils roulaient, la sellerie et les garnitures de satin du luxueux véhicule évoquèrent vaguement quelque chose à Léonard, mais il ne put mettre le doigt dessus. Le paysage défilait par la fenêtre.

– Dites, nous nous éloignons de Paris, non ? dit Rose.

Le coiffeur frappa à la paroi, mais n'obtint aucune réponse du cocher. Il se rappela où il avait déjà vu ce carrosse. C'était devant l'hôtel des fermes, au début de leur enquête.

Rose était pensive, elle aussi.

– Dites-moi, la duchesse d'Ornuchonc, curieux patronyme…

– C'est l'anagramme de Cornuchon, dit Léonard. Nous sommes dans sa voiture. Ce doit être son cocher

Baptistin qui nous conduit : une brute avec des mains comme des battoirs.

– Nous voilà enlevés ! dit Rose.

Elle était contrariée, elle avait préparé ses paquets de modes[1] pour rien.

– Je crains que nous ne soyons mal partis, dit le coiffeur.

– Avec vous, on n'est jamais bien parti !

Ils dépassèrent les faubourgs, puis traversèrent des paysages de forêts et de prés pour atteindre une maison isolée, un manoir assez cossu pour être la maison de campagne d'un fermier général. Une fois la grille fermée derrière eux, Baptistin les invita à le suivre jusqu'à une salle à manger décorée de bois de cerf.

Un gros bonhomme enveloppé dans une serviette aux dimensions d'un drap était en train de déguster des ailerons de poularde à la persillade dont la sauce lui coulait sur le menton. Derrière lui, un immense buffet couvrait un mur de bouteilles de vinaigres de toutes les provenances.

– Madame la duchesse d'Ornuchonc, je présume ? dit Rose.

Cornuchon émit un ricanement qui projeta des petits bouts de peau croustillante dans toutes les directions. Il fit signe à un valet de rapprocher la matelote de crêtes de coq, dans laquelle il plongea sa cuiller.

1. Les modes étaient les accessoires de mode.

– J'ai su que vous teniez des propos diffamatoires à mon endroit, dit-il la bouche pleine. Pourquoi ?

Rose désigna Léonard, la mine offusquée.

– Vous voulez dire que ce coiffeur répandrait de fausses nouvelles ? dit-elle, une main sur la poitrine, comme si elle n'avait jamais rien entendu de si odieux. Il est vrai que, dans son métier, c'est comme une tradition !

– Je ne répands rien du tout, se défendit le coiffeur. À part de la beauté et de la joie !

– Je sais à quoi m'en tenir, mâchonna le fermier général.

Ils avaient joué aux apprentis sorciers, la marmite qu'ils avaient fait chauffer leur explosait à la figure. Être retenus chez Cornuchon était embêtant, vu que c'était la maison de Saint-Avit qu'ils avaient fait surveiller.

– Jouons cartes sur table ! dit Rose.

– Ou pas, suggéra Léonard, qui ne croyait pas que la vérité lui eût jamais très bien réussi.

– Nous savons que vous tentez de dépouiller Mme Cottin de Melville, poursuivit la modiste.

– Voilà donc la raison de vos manigances de fripouilles, dit Cornuchon en faisant un sort à un pluvier[1] à la Périgord qui n'avait rien demandé.

– Je vous préviens, dit Rose, s'il nous arrive quoi que ce soit, il y aura des mesures de rétorsion.

1. Petit échassier.

– Oh ! mais nous sommes ici entre amis, dit le financier. Voici d'ailleurs une personne que vous serez enchantés de revoir, je pense.

Il fit signe à Baptistin d'ouvrir. Derrière la porte se tenait une dame couverte de différentes étoffes d'un noir de jais, au visage dissimulé sous une voilette.

– Oh ! non, murmura Rose, qui avait reconnu cette façon de pratiquer la couture.

C'était une toilette en satin couleur d'ébène rehaussé de dentelles ténébreuses, avec mitaines assorties et chapeau à l'avenant. Celle qui la portait releva sa voilette avec une lenteur de tragédienne. Malgré un maquillage outré et des yeux cernés de khôl, Léonard reconnut Elisène, la couturière de l'enfer, en grand deuil de princesse.

Elle tourna sur elle-même pour faire admirer la robe.

– Très joli ! dit Rose.

– Magnifique, renchérit Léonard d'une voix morte.

La modiste n'était pas de cet avis. La façon était parfaite, mais un excès d'extravagance étouffait l'originalité – elle était bien placée pour le savoir, elle qui funambulait sur le fil étroit séparant le bon goût du mauvais. Et puis ces volants avaient été à la mode l'année d'avant, il y avait un siècle.

– Regardez, dit Elisène, j'ai fabriqué le sac à ouvrage assorti !

Elle en retira son pistolet d'or, qu'elle agita sous leur nez.

– C'est pour quelle sorte d'ouvrage ? demanda Rose.

– Pour faire des trous !

– Ne l'énervez pas, elle est fâchée, prévint Cornuchon.

Les motifs de contrariété ne manquaient pas, depuis la fermeture de sa petite entreprise d'esclavage jusqu'à la perte de ses collections.

– Jamais je ne vous pardonnerai la mort de mon pauvre Montignou ! dit-elle en agitant le pistolet.

– Oh ! ma chère, nous n'y sommes pour rien, dit Rose, il a pris un coup de rouleau à pâtisserie.

– Vous m'aviez envoyée acheter une chauve-souris qui n'existe pas !

La modiste prit un air d'innocence qui ne lui allait pas, tandis que le coiffeur faisait signe à Cornuchon que l'endeuillée racontait n'importe quoi, il y avait des courants d'air sous sa voilette.

Leur situation était en train de tourner au vinaigre. Le fermier se déclara agacé par leurs innombrables manigances.

– Nous ? dit Léonard. Des manigances ?

Cornuchon évoqua leur enquête sur les meurtres de Petit-Colas et de Louison, leurs efforts pour l'empêcher d'intriguer à la Cour, le décès de Montignou, et cette rumeur qu'ils avaient lancée pour dresser l'un contre l'autre les concurrents de la veuve Cottin.

Ils constatèrent avec affliction que cet homme était moins bouché que ses barriques de vinaigre. Le fermier général s'adressa à Elisène, une cuisse de canard à la main.

– Je crois que nous devons mettre un terme à ces inconvénients.

– Oh ! S'il te plaît ! dit la dame en noir. Laisse-moi m'occuper d'eux !

– Soyons humains, ma chère. Nous allons emmener nos amis en promenade, nous les déposerons dans un lieu sûr, le temps que tout s'apaise.

Les intéressés eurent la conviction que ce lieu sûr serait une tombe qu'on les prierait de creuser eux-mêmes.

23

Coup de tabac en forêt

La nuit tombait quand Rose, Léonard et leurs geôliers sortirent du manoir pour gagner le carrosse qui attendait dans la cour. Entre le cocher Baptistin au format de bahut breton et la folle qui continuait de braquer sur eux son pistolet d'or, les prisonniers n'avaient aucune chance de s'échapper. Tout devenait plus sombre de minute en minute, le paysage aussi bien que leur avenir.

Ils furent persuadés que la malle qu'on venait d'arrimer à l'arrière de la voiture contenait de quoi creuser dans le sol une fosse où étendre deux gêneurs. Au moment de monter en voiture, Léonard s'effaça galamment pour laisser passer les dames, mais Elisène lui fit comprendre qu'on n'en était plus aux politesses : il dut y grimper le premier.

Rose tâcha de garder sa contenance tandis qu'ils s'enfonçaient dans les bois.

– Eh bien ? dit-elle. Ne voulons-nous plus torsader des rubans ?

– J'ai été échaudée par les chauves-souris à poil noir, répondit Elisène sans cesser de les tenir en joue malgré les cahots du chemin terreux.

Un loup feulait au loin. Léonard songea qu'ils faisaient une triste paire de petits chaperons rouges. Pas sûr que les loups assis en face d'eux se laissent berner aussi facilement que celui du conte de Perrault. Il saisit cette ultime occasion de faire un aveu décisif.

– Je crois que le moment est venu de vous dire quelque chose de gentil, dit-il à Rose.

– Allons donc ! répondit-elle.

Elisène et le gros Cornuchon ricanaient. Ce dernier fit apparaître comme par magie une boîte de biscuits qu'il présenta à ses compagnons de voyage.

– Une petite douceur pendant le spectacle ?

Le coiffeur répondit qu'il avait l'estomac noué, la modiste haussa les épaules, Elisène ne voulait pas les quitter des yeux.

– Je dois vous dire, poursuivit Léonard, que, malgré nos différends…

– Oui ? dit Rose.

– Eh bien… Travailler avec vous n'a pas toujours été absolument désagréable.

Un silence accablé tomba sur le carrosse.

– Vous non plus, vous n'êtes pas constamment exécrable, admit Rose.

– Ah oui ? Quand ça, par exemple ?

– Euh… Parfois…

– Quand je m'assure que vous ne vous êtes pas fourrée dans un mauvais cas ? Quand je m'inquiète des catastrophes qui pleuvent sur vous ? Quand je vous rattrape *in extremis* dans les situations les plus scabreuses ? Quand je mens pour vous tirer des embarras dans lesquels vous vous jetez ?

– Quand vous n'êtes pas là ! dit Rose. C'est dans ces moments que vous êtes le mieux !

Cornuchon grignotait ses biscuits comme il l'aurait fait dans sa loge de la Comédie-Française.

– Vous formez un excellent duo. Je suis au désespoir de devoir écourter votre carrière. Dès que nous aurons trouvé une clairière isolée, vous pourrez donner une dernière représentation. Mais plutôt dans le genre tragique, je le crains.

La voiture ralentit brusquement, le cocher tirait sur les rênes de ses chevaux. Cornuchon se vissa sur sa banquette et passa le nez par la portière.

Eh bien, Baptistin ! Qu'y a-t-il ?

Une souche d'arbre obstruait la route.

– Entendez-vous ? dit Elisène, un doigt en l'air.

Il régnait autour d'eux un silence parfait.

– Entendre quoi ? dit Cornuchon avec agacement. Il n'y a rien à entendre !

– Justement, dit la femme au pistolet. Pas d'oiseaux de nuit, pas de bruits d'animaux, rien. La nature s'est tue.

L'inquiétude gagna les voyageurs.

– Y a-t-il souvent des bandits, sur cette route ? demanda Elisène.

– Ce soir, j'en vois au moins deux, dit Rose.

Baptistin sauta de son banc pour aller déplacer la souche quand une voix s'éleva depuis l'abri des premiers arbres.

– Cornuchon ! Sors de là qu'on s'explique !

Le cocher courut aussitôt se mettre à couvert dans la direction opposée, son fusil à l'épaule. Le fermier général commençait à avoir l'air d'un ours pris au piège.

– Saint-Avit, articula-t-il.

Nul doute que son adversaire n'était pas venu seul. Il avait bien fallu que quelqu'un place la souche sur la route, et le baron jaune n'était pas du genre à salir ses beaux habits. En revanche, il semblait résolu à se salir les mains, voire à les tremper dans le sang de son ennemi.

– Saint-Avit ! cria ce dernier. Graine de couilles ! Tu as perdu la tête ! Nous avons été piégés !

– Surtout toi ! répondit le maître des tabacs. Moi, je suis très lucide !

– Bâtard de Paphos ! renchérit Cornuchon.

Il aurait dû mettre un peu d'eau dans son vinaigre, ce fut une pétarade qui lui répondit. Saint-Avit s'énervait et Baptistin répliquait au jugé. Le baron jaune avait visiblement décidé de supprimer d'un coup un malfaisant et un concurrent.

– Sers-toi donc de ton arme, espèce d'idiote ! lança Cornuchon à Elisène.

Rose et Léonard eurent le plaisir de voir le pistolet se détourner d'eux, ce qui ne leur apporta qu'un tout petit soulagement car ils étaient pris entre deux feux. Au moins, la folle avait trouvé un meilleur usage pour ses balles. Cornuchon lâcha son paquet de biscuits et fit apparaître un autre objet d'un tiroir aménagé sous la banquette. C'était une petite arme à feu qu'il entreprit de charger à l'aide d'une blague à poudre, opération rendue difficile par l'obscurité.

À l'extérieur, Saint-Avit bondissait d'un arbre à l'autre en tirant à tout-va. Il semblait décidé à mitrailler tous ceux qui étaient dans la voiture, sans distinction de sexe, de métier ou de culpabilité, quitte à noyer tout le monde indifféremment dans une grande soupe aux cadavres.

Rose se demandait si l'heure n'avait pas sonné de se rappeler une de ces prières qu'on lui avait apprises quand elle était petite. *Un jour sur ses longs pieds allait je ne sais où…* Ah ! non, ça, c'était une fable de La Fontaine.

Elle sentit soudain quelque chose de mou et de tiède se plaquer sur sa bouche façon « étreinte du poulpe en rut ». Le cri qu'elle poussa n'aurait pas été plus strident si le fermier maboul assis en face d'elle lui avait logé une de ses balles dans le corps. Elle repoussa l'assaut à la force de ses deux bras sans bien comprendre ce qui était arrivé, et quand elle l'eut compris elle ne pouvait toujours pas le croire.

Pris d'un accès de délire, le coiffeur échappé de l'asile s'était jeté sur elle pour lui faire subir des outrages avec sa bouche ! Voilà à quoi il prévoyait d'occuper ses derniers instants !

– Pardonnez-moi, dit Léonard, mais perdus pour perdus…

– Recommencez ça et vous n'aurez pas le temps de vous voir mourir, le prévint-elle en fouillant sa robe à la recherche d'une épingle ou de n'importe quoi pouvant lui servir d'arme.

Elle hésitait si elle devait attaquer Saint-Avit, Cornuchon ou l'obsédé assis à côté d'elle quand de nouveaux coups de feu retentirent, plus loin sur la route.

– C'est une kermesse ? dit la modiste. On a invité du monde ?

Les échanges de tirs autour du carrosse s'interrompirent, et leurs assaillants, déconcertés par l'irruption de nouveaux adversaires, s'enfuirent vers le lieu où, sans doute, ils avaient laissé leurs montures.

Penchés à la portière, Rose et Léonard virent approcher la garde montée chargée de la surveillance des routes autour de Paris. Ils voulurent quitter le carrosse, mais l'énorme masse de Cornuchon leur barrait le passage. Lorsque Léonard fut parvenu à actionner la poignée, le corps du fermier général bascula et s'étala mollement dans la boue du chemin, où il demeura inerte.

Le capitaine des gardes s'entretint avec les rescapés de la voiture. Des tapissiers étaient venus les prévenir qu'un bandit avait dressé un guet-apens dans cette forêt. Le coiffeur et la modiste comprirent que c'étaient les gens de la reine chargés de surveiller l'hôtel de Saint-Avit.

À quelques pas d'eux, toujours vêtu de jaune et les mains liées, Saint-Avit faisait mine de tirer sur eux avec ses doigts tout en faisant « pan » avec la bouche. On aurait dit une grosse perruche hystérique. Les gardes étaient trop occupés à agrafer ses complices pour se soucier de lui. Le capitaine se pencha sur Cornuchon. Le fermier général avait bu son dernier vinaigre.

– A-t-il reçu une balle ? demanda Rose.

– Je ne crois pas, dit le capitaine. Je ne vois pas de blessure. Je pense que cet homme a succombé à une apoplexie. Le cœur aura lâché.

Rose et Léonard furent surpris d'apprendre qu'il en avait un. En revanche, Baptistin avait reçu en pleine poitrine la balle qui avait raté son maître, il ne conduirait plus d'autre carrosse que celui du diable.

À ce propos, ils venaient de remarquer l'absence de quelqu'un quand ils entendirent un galop qui s'estompait.

– Où est la folle au pistolet d'or ? dit Léonard en regardant autour de lui.

Rose se tourna vers le capitaine.

– Qu'avez-vous fait d'Elisène ? La complice de Cornuchon ?

– Je n'ai pas vu cette Elisène, répondit le garde. Nous n'avons vu que Mlle Bertin.

– Qui ça ? dit Rose. Vous parlez d'une grande fille dans une robe noire vulgaire et couverte d'une voilette ?

– Si fait. Mlle Bertin devait rejoindre la reine au plus vite, nous lui avons donné l'une des montures de ces bandits. Nous ne pouvions lui dire non ! La modiste de Sa Majesté ! Quand je dirai ça à ma femme !

– C'est moi, Mlle Bertin ! rugit Rose.

Le capitaine la jaugea d'un œil dubitatif. L'autre avait bien plus l'allure d'habiller les dames de condition.

– Êtes-vous sûre ? Cette demoiselle portait une magnifique toilette de satin noir, on aurait dit une princesse.

– Je vous en ficherai, des princesses ! Par la Rate Dieu ! Jarnichien[1] ! Argousins[2] !

Léonard plaqua une main sur sa bouche et l'entraîna à l'écart afin de ne pas finir la nuit au poste de surveillance des routes forestières. Le capitaine

1. Juron utilisé pour éviter de blasphémer en disant « Bon Dieu ! ».

2. Policiers de bas étage.

hochait la tête. Cette Bertin-ci tenait bien trop de la marchande de poissons pour être vraisemblable.

Des cavaliers en uniforme approchèrent.

– Dites-moi que vous avez arrêté la folle en noir ! leur lança Rose.

– Mlle Bertin ? répondit un garde. Quelle idée ! Nous l'avons raccompagnée en lieu sûr et elle nous a remis un généreux pourboire. La grande classe !

– Dans ce cas, dit Léonard, vous pouvez être certains que ce n'était pas la vraie.

24

Une chatte sur un toit versaillais brûlant

Le comte de Provence, frère du roi, avait trouvé une façon nouvelle de valoriser ses domaines sans débourser un sou. Il avait décidé que les villageois traceraient une route à travers leurs terres vers son château de Brunoy et comptait les y obliger par le système de la corvée, un droit féodal qui permettait aux seigneurs d'imposer des travaux à leurs serfs.

– Dites-moi, mon frère, dit Louis XVI, je sais que nous ne goûtons guère les philosophes et les idées nouvelles, à la Cour, mais de là à revenir au Moyen Âge, il y a une marge.

« Sapristi », pensa le comte de Provence.

Il lui fallut renoncer à son projet de faire transpirer gratuitement les gens qui n'étaient rien. Ah ! Si seulement il devenait roi ! Les choses changeraient en France ! Ses sujets pourraient apprécier les bienfaits d'une politique entièrement fondée sur la finance.

Il imposerait à l'État des économies dans tous les domaines. Les comptes du Trésor seraient équilibrés à la hache. Et les mécontents auraient toujours la possibilité de s'expliquer dans les rues avec ses régiments. Il envisageait une époque bénie où ceux qui savent régneraient sans partage. Pour l'heure, sa pensée semblait trop subtile même au roi de France.

Sachant Fersen parti taquiner l'Anglois de l'autre côté de l'Atlantique, les anciens favoris avaient repris la compétition : MM. Dillon, de Coigny, de Lauzun et de Besenval assiégeaient de nouveau les appartements de la reine, armés de bouquets de violettes et de boîtes de pralines.

Marie-Antoinette décida de faire sa grande annonce, ça les calmerait. Ça calmerait aussi les élans littéraires de son beau-frère, qui ne cessait de bombarder la Cour de billets où les noms de ces messieurs revenaient en ritournelle. Le comte de Provence était en train d'élever le libelle mensonger au rang d'un genre littéraire. Dans ce domaine, il avait plus d'œuvres à son actif que nombre d'académiciens.

Marie-Antoinette alla trouver son mari et lui réclama justice contre un de ses sujets qui l'avait battue. Quand il demanda qui avait osé, elle désigna son ventre.

– Un petit sujet de Votre Majesté qui me donne des coups de pied.

Enchanté de savoir sa femme enfin enceinte, Louis XVI décida immédiatement de faire chanter un *Te Deum*. Ce n'était pas exactement la réaction que la reine attendait.

– Je me serais contentée d'un beau bijou, mais un *Te Deum*, c'est bien aussi.

On allait chanter pour elle dans les églises, après tout, ça valait bien ça. Le jour de la naissance, les canons royaux tireraient cent un coups si c'était un garçon, vingt et un pour une fille.

– Voilà une manière commode d'informer le peuple, dit la reine. Un peu comme les signaux de fumée des Indiens d'Amérique.

– J'ignorais que vous vous intéressiez aux Amériques, dit Louis XVI.

– Je m'intéresse à tout ce qui est à la mode.

Elle pouvait aussi espérer une gratification plus importante si c'était un garçon. Elle se demanda si elle n'avait pas trouvé un biais pour financer les activités de Mesmer.

– Ne pourrais-je pas toucher la gratification tout de suite ?

Un valet que le comte de Provence payait pour écouter aux portes courut prévenir son maître.

– La reine est enceinte, monseigneur !

– De qui ? demanda Provence.

Le premier gentilhomme de la Maison de la reine fit l'annonce officielle dans la galerie :

– Sa Majesté est grosse !

Consternation chez les favoris.

– C'est vous ? demanda Besenval.

– Non, dit Coigny. Ce n'est pas vous ?

– Pas du tout. Ce doit être lui.

Il désignait Dillon, qui se taisait. Il avait adopté un air mystérieux et sortit sa tabatière pour priser.

– En tout cas, ce n'est pas vous, dit Besenval à Lauzun.

– Comment le savez-vous ?

– Vous avez la même tête quand vous bluffez au whist ! Vous regardez dans le vide et vous tripotez vos mèches de cheveux !

Lauzun lâcha sa crinière.

– Ça aurait pu être moi !

– Même pas.

Lorsque la reine se rendit à la chapelle pour remercier le Ciel, tout le monde guetta son ventre sur son passage. La Bertin allait devoir lui faire des corsets de grossesse. Une dame apostropha la future mère.

– Comment Votre Majesté appellera-t-elle l'enfant ?

– Si c'est un garçon, Magot, et si c'est une fille, Cagnotte.

À présent que l'annonce était faite, il allait falloir s'arranger pour qu'elle devienne vraie. Le roi allait être convoqué dans la salle de bains, la duchesse de

Fitz-James lui dirait que ce sont des envies de femme grosse.

– Et si cela tarde ? s'inquiéta la reine.

– Nous dirons que c'était une fausse alerte, Madame.

Marie-Antoinette restait en relation épistolaire avec Fersen. Elle devait faire attention à ce qu'elle écrivait si elle ne voulait pas se compromettre. L'étiquette l'autorisait tout juste à conseiller au Suédois de se couvrir quand il sortait, d'autant que le temps de Boston était réputé pour ses vents violents.

– Je devrais me mettre au tricot et lui fabriquer une écharpe à motif de fleur de lys.

Le plus souvent, elle dictait à sa dame d'atours, qui traduisait en langage codé.

– Je n'aime que vous.

« Je n'aime que mes bégonias », écrivit la duchesse.

– Il n'est pas de jour sans que je pense à vous.

– … à mes bégonias, dit la duchesse.

– Et quand vous dormez à bord, n'oubliez pas de mettre les chaussons fourrés que je vous ai envoyés !

Mme de Fitz-James garda la plume en l'air, la mine songeuse.

– Non, cela, vous pouvez l'écrire tel quel, précisa Marie-Antoinette.

En plus de financer Mesmer, la fermière générale offrit le concours de ses services postaux afin de montrer à la reine combien ils étaient importants.

– Le renseignement, c'est la base du pouvoir ! affirma-t-elle.

Elle lui apportait une lettre du comte de Provence adressée au roi de Suède, Gustave III, comme lui un grand ami des beaux-arts. Il y avait écrit ce qu'il pensait de sa belle-sœur, et notamment de sa kyrielle d'amants supposés, dans le même style que les pamphlets qui couraient les escaliers de Versailles. Il se disait ravagé par cette grossesse malheureuse qui l'éloignait du trône.

Si le roi avait une passion pour les horloges, Provence collectionnait les porcelaines. Louis XVI lui rendit visite dans le salon où il gardait ses figurines. Il lui présenta la lettre qu'il avait adressée à Gustave III.

– Je suis navré mais il fallait bien que cela sorte, se défendit Provence.

– Cette petite collection est charmante, dit Louis XVI en promenant ses doigts sur les figurines en biscuit.

Il choisit une petite bergère en saxe et la souleva pour mieux l'examiner. Son frère s'inquiéta.

– Prenez garde ! Elles sont fragiles !

Louis laissa échapper la statuette, qui éclata sur le parquet.

– Oups ! Pardonnez-moi. Je suis désolé d'avoir abîmé une bergère qui vous est chère. Heureusement que je ne l'ai pas fait intentionnellement, je serais impardonnable.

Provence sentit qu'il était temps pour lui de partir en voyage.

– J'aimerais aller visiter des contrées que Votre Majesté n'a jamais vues.

– Lesquelles ? Les Amériques ? L'Arabie ? Le Siam ?

– La France. Je vais commencer par la Bourgogne et je pousserai jusqu'en Alsace.

Louis XVI posa une main sur l'épaule de son cadet.

– Mon pauvre ami, je vois que vous vous lancez dans des actions désespérées.

– Je vous rapporterai de la saucisse de Morteau.

Ses secrétaires avaient mis sur pied un programme de visites aux autorités locales, il comptait se faire acclamer partout.

– On dirait une tournée électorale, dit Louis XVI, une fois sorti. Quelqu'un lui a-t-il dit que les rois ne sont pas élus, en France ?

25

Pincée et Pince-la sont sur un bateau

Il faisait beau, c'était un jour parfait pour naviguer vers les guinguettes des bords de Seine, surtout quand on possédait son propre bateau de plaisance.

Tel n'était pas le cas de Rose et Léonard, qui s'y rendirent sur une embarcation collective où le coin de banc coûtait quelques sous. Ils déjeunèrent dans une de ces auberges où les Parisiens venaient prendre du bon temps loin des puanteurs de la capitale. À première vue, ils offraient l'image d'un parfait petit couple d'amoureux décidés à profiter de la vie ; quiconque les connaissait un peu aurait donc compris qu'ils avaient un tout autre dessein en tête.

Léonard sentait qu'il devait présenter des excuses.

– À propos de ce qui s'est passé dans le carrosse de Cornuchon…

– Ah ! oui, dit Rose, à propos ! Connaissez-vous le paradoxe de l'âne de Buridan[1] ?

– Euh, non…

– On l'a castré.

Le coiffeur vit là un avertissement pour le cas où il évoquerait cette histoire de baiser volé. S'il avait été moins choqué, il se serait demandé pourquoi Rose tenait tant à enterrer l'incident.

Une splendide embarcation était amarrée à l'appontement qui prolongeait l'établissement. Ils avaient terminé leur repas lorsqu'ils virent la fermière générale se diriger de ce côté, suivie de ses serviteurs. Ils se hâtèrent de la rejoindre.

– Vous ici ? dit Mme Cottin de Melville.

– Oui ! dit Rose. Quel heureux hasard !

– Le hasard n'existe pas. Que me voulez-vous ?

Ils désiraient avoir l'honneur de regagner Paris à bord de son superbe vaisseau.

– Eh bien soit ! dit la banquière. Je suis curieuse d'entendre ce que vous me voulez vraiment.

Quand ils eurent pris place dans les confortables sièges de la cabine, elle expliqua que ce luxueux navire avait appartenu à son mari.

– Est-ce celui sur lequel il naviguait quand il s'est noyé ? demanda Léonard.

1. L'âne de Buridan n'arrive pas à décider s'il doit boire ou manger.

La veuve eut un geste d'impatience.

– Allez droit au fait. Je viens de déjeuner avec trois secrétaires d'État, j'ai assez entendu d'absurdités pour la journée.

Quoi qu'elle en dise, ils virent bien qu'elle était au comble de la joie. Elle était la grande gagnante des circonstances. Plus personne ne menaçait son contrat des postes. Elle allait financer la reine, dont l'influence lui fournirait de nouvelles sources de satisfaction dans l'avenir par échange de bons procédés. Cornuchon était dans la tombe, quant à Saint-Avit, fou à lier comme il l'était, il ne représentait plus de menace que pour lui-même.

– Le roi a la sagesse de vouloir des fermiers généraux sans tache sinon sans défaut, résuma Mme Cottin de Melville.

Il était fini, le règne de Louis XV sous lequel on faisait n'importe quoi avec l'argent de l'État. Le gouvernement se méfiait désormais des excès de la finance, car le peuple avait pris l'habitude de gronder pour un oui ou pour un non. On ne voulait pas qu'une étincelle mît le feu aux poudres.

– À propos de poudre, demanda Rose, où le roi conserve-t-il celle de ses fusils ?

– Près de la rue Saint-Antoine, dit la fermière. À la moindre alerte, on roule les barils à l'intérieur de la Bastille, le gouvernement peut dormir tranquille.

– Parfait, dit Rose, rassurée d'apprendre que le régime dormait sur ses deux oreilles.

La fermière générale les remercia de leur excellent travail.

– Je vous enverrai des pratiques, promit-elle. Mes amies seront ravies de payer une fortune pour s'offrir vos services.

Ils se demandèrent à quels services elle faisait allusion : coiffure, mode ou investigations privées. Léonard sortit de la poche intérieure de sa veste la gravure que lui avait donnée Ernestine, la logeuse de Louison, lorsqu'il l'avait coiffée gratuitement dans son salon – cela avait été l'acte de charité le plus rentable de l'année. La veuve fit la grimace en découvrant le portrait de son mari. Il y figurait en entier, pas juste le visage, et la partie qui n'avait pas été coupée montrait qu'il était dans d'excellentes dispositions, bien que sans culotte. Bref, le dessin était tout à fait obscène, ce n'était pas sous cet angle qu'elle souhaitait se rappeler son cher disparu.

– Nous avons retrouvé ce qui manquait aux gravures que vous nous aviez confiées, dit le coiffeur.

– Je vois ça, dit Mme Cottin de Melville.

– Vous avez fort bien étouffé l'affaire, mais nous avons quand même réussi à nous renseigner, dit Rose. Il y a trois ans, ces gravures indécentes de votre mari ont fuité dans Paris. Nous pensons qu'elles ont été vues plusieurs centaines de fois. Le scandale allait provoquer la ruine de sa maison de finance. Il aurait dû se retirer de la course aux contrats de ferme.

La veuve ne répondit rien. On n'entendait que le ressac contre la coque et le vent dans les voiles. Autour d'eux s'activaient deux ou trois bateliers.

– Nous sommes arrivés chacun à une conclusion différente, poursuivit Léonard. Pour ma part, je me suis dit que vous aviez manigancé sa mort pour sauver votre cher contrat.

– Hum ! fit la banquière qu'on accusait de meurtre.

– Quant à moi, dit Rose, j'ai imaginé qu'il avait pu vous prendre de vitesse. À sa place, sachant que vous êtes plus coriace que lui, je me serais protégée de la seule façon possible. J'aurais escamoté une partie de ma fortune et mis en scène ma noyade. Cela expliquerait ces réapparitions fantomatiques qui vous tourmentent.

La veuve leva les yeux au ciel.

– Voilà un joli conte, vous devriez l'intituler *La fermière et le pot aux roses*. Bien sûr, on n'y croira pas plus qu'au *Petit Poucet*.

Ils échangèrent un coup d'œil entendu.

– Nous avons un cadeau à vous faire, madame Cottin de Melville.

L'un des bateliers se retourna. La veuve pâlit. Le fantôme était de retour !

– Je vous félicite, ma chère, dit ce dernier. Vous avez repris mes affaires avec brio ! Et vous avez vaporisé la concurrence !

– Que fait cet homme ici ? glapit la veuve. Qui l'a permis ?

– Je suis monté à bord grâce à l'amitié de mes marins, c'est mon navire, après tout.

L'ancien fermier général ôta sa blouse et son bonnet. Il portait en dessous ses vêtements de diacre janséniste.

– Nous nous sommes rencontrés quand votre mari m'a aidé à fuir l'hôtel de Saint-Avit, expliqua Léonard.

Il ne l'avait pas reconnu ce jour-là, M. Cottin de Melville avait beaucoup changé, il n'était plus gros comme sur la gravure : trois ans de frugalité avaient fait leur œuvre. Mais la cicatrice visible sur la gravure était toujours là, Léonard avait fini par faire le rapprochement.

– Je ne connais pas cet intrus ! Qu'il descende ! Jetez-le à l'eau ! cria la veuve aux bateliers, qui ne bronchèrent pas.

– Comment se fait-il que tout le monde me reconnaisse à part vous ? objecta M. Cottin de Melville.

Sa veuve ôta plusieurs bagues de ses doigts et les tendit aux matelots.

– Un diamant à chacun de vous pour noyer cet individu !

– Une deuxième fois, ma chère ? dit son mari avec tristesse. La mer n'a pas voulu de moi, mais je sais bien que vous, vous ne me rateriez pas.

– Pourquoi es-tu revenu ? demanda-t-elle en remettant ses bagues à leur place.

– Pour ton salut, ma chère amie.

– Cogne-fétu[1] ! Marquis de la bourse plate ! Va donc torcher des culs avec la langue !

La veuve paraissait indubitablement contrariée.

– J'ai déjà fui une fois, à présent c'est mon tour d'avoir le dessus.

– Que veux-tu ?

Il voulait percevoir sa dîme sur le prochain contrat qu'elle signerait.

– Et les lingots que tu as emportés ?

– Tout est parti en œuvres pieuses. J'en suis à faire la quête chez mes anciens collègues, c'est ce qui m'a donné l'occasion de rencontrer ce jeune homme, dit-il en désignant Léonard.

La fermière générale cherchait désespérément quelles cartes elle avait encore dans son jeu.

– J'ai la protection de la reine !

– Et moi, je suis sous protection divine ! rétorqua M. Cottin.

– C'est ce que nous verrons ! dit-elle en sortant de son sac à ouvrage l'un de ces pistolets d'or que son

1. Bon à rien.

mari avait eu la manie d'offrir à toutes les femmes qu'il fréquentait.

– Avec nous deux et vos marins, dit Léonard, ça va faire davantage que les poissons de la Seine ne pourront manger.

Rose avait elle aussi un argument.

– Vous conservez l'amitié de la reine, pensez-y : ce n'est pas cher payé.

La veuve se résigna à ranger son arme. La petite séance de mesmérisation gratuite par laquelle cette affaire avait débuté se révélait hors de prix, en fin de compte.

Ils accostèrent au port Saint-Paul, derrière l'île Saint-Louis. Avant de monter dans son beau carrosse de fermière générale, Mme Cottin de Melville déclara qu'elle ne voulait jamais plus revoir aucun d'eux.

– Surtout toi, dit-elle à son mari. Tes visites me coûtent trop cher.

Rose et Léonard restèrent seuls avec le mari.

– Vous n'avez jamais eu l'intention de reprendre votre place, n'est-ce pas ? lui demanda Léonard.

– Jamais je n'ai été plus heureux que maintenant.

C'était tant mieux. Un scandale aurait contrarié la reine. Or l'important était de ne jamais contrarier la reine.

– Votre femme va payer, dit Rose, vous voilà vengé.

– Oh ! j'ai eu mon petit moment de satisfaction sur ce bateau, mais elle ne paiera pas.

Ils furent interloqués.

– Comment oserait-elle ? dit la modiste.

– Elle ne paiera pas parce qu'elle ne le pourra pas. J'ai des informations de bonne source. Les financiers ne sont pas seuls à avoir des réseaux, vous savez, il y a aussi les religieux.

Un décret royal allait transformer la ferme des postes en régie. L'État était désespérément à la recherche de ressources pour compenser ce que lui coûtait cette guerre d'Amérique, il souhaitait percevoir lui-même les taxes sur le courrier. Le contrat ne serait pas renouvelé.

– Le gouvernement s'est dit que si les postes rapportaient beaucoup, il préférait que cela lui rapporte à lui.

Ces messieurs-dames s'étaient entretués pour du vent !

M. Cottin de Melville les salua poliment et s'éloigna de son côté avec la satisfaction du prêcheur qui a bien prêché.

– Quelle morale ! dit Léonard. Comme quoi, la plupart des disputes ont de vains motifs et ne servent à rien !

Rose sentit l'ombre d'un reproche dans ce discours.

– Mais moi, quand je vous traite de pignouf, c'est avec affection, vous savez.

– Moi de même, dit le coiffeur. Quand je dis que vous êtes une viande à corbeaux, c'est par pure amitié.

– Je ne le prenais pas autrement, tête de singe.

– Je n'en attendais pas moins de vous, bestiasse[1].

– Vous êtes mon chouchou béjaune[2].

– Et vous, ma harpie d'amour.

Ils cheminèrent ainsi vers leurs boutiques de la rue Saint-Honoré sans cesser d'échanger d'affreux charmants petits noms.

1. Idiote.
2. Blanc-bec.

Clins d'œil historiques

Les Français ont l'attachement le plus ridicule pour leurs cheveux, je crois qu'ils l'ont hérité de leurs lointains ancêtres. La première race des rois francs se distinguait par la longueur de sa chevelure, et les gens de ce pays la considèrent certainement toujours comme un ornement indispensable. Un Français quittera plus aisément sa religion que ses cheveux.
T. G. Smollett, *Lettres*, 1763

Féodal dans ses apanages, le comte de Provence était capitaliste à fond dès qu'il s'agissait de spéculations commerciales et immobilières. Il se mit à faire de l'argent avec une passion et une application encore jamais vues dans la famille royale. Faisant remarquer que ses ressources étaient à peine suffisantes pour couvrir ses frais extraordinaires et ses aumônes, alors qu'il était obligé d'économiser « pour assurer un sort à ses descendants », il écrivit pour solliciter une augmentation de 50 000 livres par an. La même année, il demanda que la Touraine fût ajoutée à ses apanages, dans l'intérêt de ses enfants comme du sien. Jusqu'en 1789, ses agents essayèrent de remettre en vigueur et d'exercer tous les privilèges féodaux imaginables dans ces domaines, sur les arbres, les transactions juridiques et les ressources minières, réussissant à faire passer les revenus de cette source de 300 000 à 1 978 284 livres en 1788. Il essaya même d'exploiter ou de vendre les domaines de l'ordre de Saint-Lazare dont il avait été fait grand maître et considéré jusqu'alors plutôt comme une compagnie d'honneur que comme une source de revenus. Il essaya d'obtenir le monopole du commerce de la girofle et du poivre en Guyane, que Louis XVI lui refusa. Il apporta aussi des fonds à l'un des fermiers généraux chargés de faire rentrer les impôts, sans doute en échange d'une part des profits.

Philip Mansel, *Louis XVIII*

Axel de Fersen est un très bel homme. Droit, large d'épaules, bien musclé, il donne, comme beaucoup de Scandinaves, une impression virile, sans être lourd ou massif. Un front dégagé, une bouche chaude et sensuelle qui sait parfaitement se taire. Il est vrai que Fersen n'a pas la réputation d'un brillant causeur, d'un homme d'esprit, d'un compagnon particulièrement amusant. Mais ce gentilhomme n'est ni morose ni dédaigneux des plaisirs – les femmes prétendent qu'il a « un cœur de feu » sous une enveloppe de glace.

Stefan Zweig, *Marie-Antoinette*

De tous les Suédois qui ont été ici de mon temps, c'est celui qui a été le mieux accueilli dans le grand monde.

Comte de Creutz, ambassadeur de Suède, lettre à Gustave III

Je dois confier à Votre Majesté que le comte de Fersen a été si bien vu de la reine que cela a donné des ombrages à plusieurs personnes. J'avoue que je ne puis m'empêcher de croire qu'elle avait du penchant pour lui : j'en ai vu des indices trop sûrs pour en douter. Le jeune comte a eu dans cette occasion une conduite admirable par sa modestie et par sa réserve et surtout par le parti qu'il a pris d'aller en Amérique. La reine ne pouvait le quitter des yeux les derniers jours ; en le regardant ils étaient remplis de larmes. Lorsqu'on sut le départ, tous les favoris furent enchantés.

Comte de Creutz, ambassadeur de Suède, lettre à Gustave III

Franz-Anton Mesmer est l'inventeur du magnétisme animal, qui n'existe pas, et de la médecine psychosomatique, qui attendra plus d'un siècle. Un patient de Mesmer n'est jamais un inconnu. Mesmer cherche à savoir l'histoire de son enfance et de ses parents, qu'il met en fiches. Le traitement moral s'adapte alors. Il sait par expérience combien il importe de savoir pourquoi une dame est tombée en langueur et souffre de vapeurs, pourquoi tel seigneur fuit la compagnie, pourquoi un savant abandonne ses recherches. C'est une révolution qui passe inaperçue. Mesmer est prodigieusement intéressant au triple point de vue de l'Histoire, de la médecine et de la psychiatrie.

Claude Manceron, *Les Hommes de la liberté*

Vous êtes bien bon d'avoir répondu à toutes mes importunités pour Mesmer.

Marie-Antoinette, lettre à Joseph II

Dans la même série :

AU SERVICE SECRET de MARIE-ANTOINETTE

L'ENQUÊTE DU BARRY

Récemment mariée au roi Louis XVI, Marie-Antoinette trouve ce nouveau statut bien ennuyeux. Les bals et les atours ne suffisent pas à la divertir. Un vol de bijoux vieux de plusieurs années va lui permettre d'exercer d'autres talents, ceux d'enquêtrice.

Pour cette mission, elle s'entoure de deux détectives amateurs : Rose, modiste, et Léonard, coiffeur. Mais le problème est que ces deux-là se détestent. Rose est une maniaque de l'organisation, Léonard un noceur. Ils ne s'adressent la parole que pour s'invectiver. Ils devront pourtant apprendre à s'entendre s'ils veulent gagner leur place à la Cour.

Leur enquête débute dans les rues malfamées de Versailles, où deux corps viennent d'être retrouvés assassinés. Ces meurtres ont-ils un lien avec le vol de bijoux ? Les deux serviteurs parviendront-ils à retrouver le butin, comme le souhaite la reine ?

Derrière son éventail et ses hautes coiffes, Marie-Antoinette va jouer un tout autre rôle que celui qu'on lui assigne.

AU SERVICE SECRET de MARIE-ANTOINETTE

PAS DE RÉPIT POUR LA REINE

C'est la guerre des farines : le peuple a faim ! Louis XVI s'en moque et continue de s'affairer à ses passe-temps : la serrurerie et l'horlogerie. À Marie-Antoinette de remonter ses manches !

Mettre la main sur un mystérieux trésor inca tomberait à pic pour acheter du pain à ses sujets.

Pour cette nouvelle mission, la reine fait de nouveau appel à ses agents secrets préférés : son coiffeur, Léonard, et sa modiste, Rose. Rose ne supporte toujours pas ce gros lourdaud de Léonard. Par ailleurs, un séduisant fabricant de corsets lui fait de l'œil… Mais ne serait-il pas mêlé à leur enquête ?

Gare à la malédiction qui frappe tous ceux qui s'approchent de l'or !

AU SERVICE SECRET de MARIE-ANTOINETTE

LA MARIÉE ÉTAIT EN ROSE BERTIN

La reine Marie-Antoinette reçoit la visite de son frère adoré, l'empereur Joseph II. Mais les retrouvailles sont de courte durée. Un code secret permettant d'entrer en contact avec les espions du royaume a été dérobé ! Et le voleur se serait enfui… accoutré d'une robe de mariée ! Une création de Rose Bertin, la modiste de la reine !

Cette nouvelle mission mène le duo d'apprentis détectives, chamailleurs et truculents, à une série de péripéties plus désopilantes les unes que les autres. De l'atelier d'un parfumeur au jeu de Paume, en passant par les coursives du château de Versailles, Rose et Léonard vont en voir de toutes les couleurs. De quoi finir « sans culotte » avant d'avoir eu le temps de dire ouf !

Retrouvez bientôt Sa Majesté, Rose et Léonard dans une nouvelle enquête. Pour en être informé(e) en avant-première, recevoir d'autres idées de livres à découvrir ou des jeux-concours, vous pouvez nous laisser votre adresse e-mail sur cette adresse web : bit.ly/martiniere

Vous pouvez également nous retrouver sur Facebook et Instagram : @lamartiniere.litterature

L'équipe des **Éditions de La Martinière**.

RÉALISATION : NORD COMPO À VILLENEUVE-D'ASCQ
IMPRESSION BLACK PRINT
DÉPÔT LÉGAL : OCTOBRE 2020. N° 145950
Imprimé en Espagne